我心唱我歌

王忙寿　著

陕西出版集团

太白文艺出版社

图书在版编目(CIP)数据

我心唱我歌\王忙寿著.—西安：太白文艺出版社,2012.12
ISBN 978 – 7 – 5513 – 0394 – 1

Ⅰ.①我… Ⅱ.①王… Ⅲ.①回忆录－中国－当代 Ⅳ.①I251

中国版本图书馆 CIP 数据核字(2012)第 304293 号

我心唱我歌

作　者	王忙寿	
责任编辑	闫　瑛	
封面设计	高　薇	
版式设计	前　程	
出版发行	陕西出版集团	
	太白文艺出版社	
	（西安北大街 147 号　710003）	
	E – mail：tbyx802@163.com	
	tbwyzbb@163.com	
经　销	陕西新华发行集团有限责任公司	
印　刷	陕西安康天宝印务有限公司	
开　本	787 毫米×1092 毫米　1/16	
插　页	4	
字　数	150 千字	
印　张	13.75	
版　次	2012 年 12 月第 1 版第 1 次印刷	
书　号	ISBN 978 – 7 – 5513 – 0394 – 1	
定　价	33.00 元	

在办公室

在习仲勋陵园留念

在翠华山留念

在迤山中学听课留念

在香港会展中心留念

家庭合影

和学生陈继刚留念

和学生来明善留念

和学生田和平留念

和学生党靖、田和平留念

和省督学陈继刚、任兆文在渭南留念

和学生陈鹏留念

和学生党靖留念

和在渭南工作的部分学生留念

和学生王谦、徐官民留念

和学生杨公平留念

和学生钟平安、雷加文、同吉焕、惠记庄留念

和学生陈鹏、张文军留念

一首人类灵魂工程师心中的歌

王茂义

　　孟冬时节，位于南海之滨的珠海市依然是春意盎然、百花吐艳，我和老伴住在女儿家照看外孙女毛毛，过着平静的候鸟生活。突然接到老朋友王忙寿电话——写了一本回忆录《我心唱我歌》邀我写序，一下子把我引入了长达二十八年的回忆之中。

　　一九八四年四月一日，我告别了工作五年的赵老峪公社的同事和山乡父老，乘坐手扶拖拉机来到秦大将军王翦之故里——美原镇报到。在履行完大半天的程序后已近黄昏，我邀王增信、路明镜二位老督导结伴来到镇西门外的云亭村，拜访久闻其名却不曾相识的退休老干部——王景林、王景杰弟兄俩。王景林是赵老峪公社第一任书记，山里人告诉我说，老王书记是个慈祥、实在的人，没上过学却聪明过人，每年夏收期间各生产队的打麦场都会留下他扬麦子、打扫把的脚印。更神奇的是他绕麦堆转上一圈，随口报出能扬几石几斗麦子、亩产多少斤。借一阵风扬出来装袋子，居然不差一升。

他的五弟景杰是志愿军老战士,从兰州军区宣传部病休回乡,退休不减凌云志、辛勤笔耕数十年,是个远近闻名的"民间记者"。我在美原四年间,景杰是我的顾问与诤友。

当晚,还结识了王景林老先生的长子王忙寿——一个三十岁出头的青年,是美原高中的历史教师,一个颇有名声的毕业班班主任。两年后,我把家安在位于云亭村口的农机站,和忙寿家做了邻居。十几年后忙寿到迤山中学任校长时,我的女儿是他的学生。女儿告诉爸妈说:"王老师讲历史课声情并茂、眉飞色舞、手舞足蹈,比看电视连续剧热闹多啦!一辈子也忘不了。"屈指算来,忙寿和我两家也是三代至交了。

在网上,我认真地阅读了《我心唱我歌》书稿,思绪不知不觉地随着书稿的字里行间起伏跌宕,我为老友顽强奋斗的精神而鼓呼,为其培育桃李成才的喜悦而分享,为与这样一个仁人志士结友而自豪。渐渐地,似乎感受到了这部回忆录的歌韵:

从教一生真善美,撰文十万唱心歌。

灵魂工程千秋业,情汇师生万顷波。

笔者认为,这部长达十万字的书稿展现给读者的精华之处主要在于:

一个朴实无华的真实感。回忆录从童年写到花甲,从祖母、父亲写到作者的爱孙,从同事写到众多的学生,从当民办教师写到当高中校长、教育局长,一字一句如同朋友聊天般的随意、自然,没有官腔套话,给读者一个真善美的享受。

一颗毕生铸造人的智慧和灵魂的事业心。在作者的心目中,自己毕生从事的教育事业是最崇高的事业,他最爱的岗位是讲台。甚至十分自豪地认为自己是世间最富有的人,学生就是他的财富。这颗毕生忠于教育的事业心就是他一切力量的源泉。

一片纯真而崇高的师生情。作者最留恋的是他担任班主任、历史课那段和学生们一起摸爬滚打、亦师亦生亦友的情结。笔者以为,师生情是这本书中最精彩、最诱人的篇章之一。

一股彰显以"美中精神"为核心的东北风。作者笔下的"美中精神"就是"艰苦奋斗,为祖国而教、为祖国而学的精神"。他盛赞美原中学历任校长,并罗列了一批优秀教师名单。在20世纪70年代末到80年代中后期,富平教育界和社会上流传着"东北风硬"的共识,这股风涵盖美原片大多数初中和小学的校风、教风和学风。在这片热土上,有一批教育界的精英,如陈登俊、惠树文、张立侠、李新幸这样成绩卓著的教育专干,祁吉寿、王建枝、杨永禄、张乃辉等杰出的中、小学校长,成百上千的优秀教师。即使是赵老峪这个僻山穷乡,也有任建基这样的好专干、好校长,卢德弟、陈郭俊这样师德高尚的好教师、省劳模。在美原片的乡(镇)中,有一股坚实的尊师重教的社会氛围经久不衰,"美中精神"当然是这股东北风的龙头和风向标。几十年后的今天,当年的东北风仍是富平县东北乡民众引以为豪的"回忆录"。

一种为富平教育事业"卧薪尝胆、破釜沉舟"的豪迈气魄。这种气魄集中体现在作者每走上一个新的岗位,能承认现实、不甘落后、敢为人先的胆识。如他在流曲中学校长任命会上的表态:"一家人不说外话,从明天起我首先做好教师,带两个毕业班的历史课,保证高考获全县第一。若达不到,大家可以撵我走。"

一套科学的工作方法和领导艺术。看一位领导者的水平,不但看他拼命三郎的干劲,更要看其是否善于学习、深入调查、潜心研究事物规律并能适时提出施政的目标、纲领、重点、策略且身体力行。作者总结的班主任工作"一二三四",就是他这种艺术的初步尝试。迤山中学程经民副校长写的《闪光的一页》,形象地展现了王忙寿这位教育管理行家的领导艺术。作者在任校长、局长时的一些讲话也充分体现了他对事物规律性研究的真知灼见,令读者耳目一新。

一幅严于律己、廉洁从政的公仆形象。《当官与做人》一篇写得具体实在又富有哲理,作者认为"要当一个好官先要当一个好人,当官是一阵子的事,做人才是一辈子的事。一辈子做一个好人比当一个好官难得多。"

一生诚信处世、孝敬老人、治学有方、教子有道的人格魅力。

纵观古今中外,致天下之治者在人才,成天下之才者在教化,教化之所本者在学校。教师是学校的基石,校长是学校的灵魂。这些至理名言是我读完《我心唱我歌》书稿后第一个本能的心理反应。忙寿在蓝光中学第二十五届教师节庆祝会上说:"人类灵魂的工程师,这一高度概括,使我们懂得了教师职业的内涵,教师应该是真的种子、善的信使、美的旗帜、爱的化身。"听吧,这是一个从教四十年的老教师、教育工作者心中吐出的肺腑之言。那么,笔者的这篇短文就以"一首人类灵魂工程师心中的歌"为题吧。

一个门外汉为一个教育行家的书写序,实为读书心得,叫做候鸟笔记才是得体。顺祝忙寿的夕阳生活健康快乐!

2012 年 11 月于珠海

(作者系西北大学经管院在职研究生,高级政工师。曾任富平县副县长、县委副书记、陕西省高速集团党委委员、北秦公司党委书记。著有《金粟诗草》一书。退休后任陕西长安诗词书画音乐研究会常务理事,富平县诗联协会顾问。)

序二

素描人生也丹青

陈继刚

　　只要和朋友同学一提起过去的学校生活,眼前总是浮现一幕幕生动的场景,而这个场景之中的主角就是我的历史老师——王忙寿老师。他讲课绘声绘色,声情并茂,不拘一格,听他一节课,就像看了一场好戏,一部好电影,使人在不知不觉中领悟了许多知识。在往后的师生交往中,以及同学之间的相互交谈中,我逐渐了解到王老师的生活经历——他从挣工分的民办教师到公办教师,从普通教师到高中校长直至教育局局长,整个的生活经历,浓缩了中国的一个教育时代;彰显了一个时代背景下一个普通人的奋斗历程;他既是值得我们全社会尊敬的千千万万普通教师的一员,又是我所知道的老师之中最典型的代表。

　　恩师王忙寿老师1978年7月毕业于西北大学历史系,同年9月分配到富平县美原中学任历史教师。我恰巧是那个年代的幸运儿,就是人们常说的恢复高考制度后通过考试入读高中的第一届学生。我和恩师的相识、到如今的相知已三十五年有余,相信这种恩情将到永远。

恩师将他的回忆录《我心唱我歌》电子版在前几日发于我。我百分之百相信我是众多弟子中第一个读他回忆录的学生,仿佛又回到了35年前,再次聆听了恩师的教诲;我更相信我是第一个幸运拜读他即将出版回忆录《我心唱我歌》的读者,感悟出恩师平生平淡中见精彩的人生历程,借机分享了他的人生快乐。不过恩师嘱我为他的回忆录《我心唱我歌》作序,我却为难再三,自感愧不敢当。我深知在恩师一生数万弟子中,我是再也平凡不过的一员,学弟学妹们遍布海内外,饱读诗书潜心做学问者有之,指点迷津慷慨激昂做教授者有之,叱咤官场身居要职者有之,腰缠万贯经营世界者有之。而我不过是一个由教书先生演化成自我感觉是积善行德的为多数人所不知的小小督学,清贫度日,清廉为人,清心说教。但我自幼就是一个听话的学生,过去是,现在是,将来永远是。所以意外受命,虽诚惶诚恐,但我尊诚所致,却也在情理之中。

恩师回忆录采用素描的手法,从童年生活一直写到如今的晚年生活,时间跨度长达六十余年,真实地再现了不同时期的历史镜头,见证了新中国成长中发生的一些重大历史事件:有对童年生活、学生时代的写照;有对先人长辈、兄长姐妹和家人的深切怀念和真情流露;有对农村三年劳动生活、四十年教育生涯的朴素追忆;有对在位时做了什么、留下什么的批判;有对游历宝岛台湾的情景再现;有对晚年生活的设计和描述……粗中有细地勾勒出了恩师美好的人生景象。

恩师的回忆录一如恩师的为人,从头至尾,彰显着求真求实求诚的精神,有着"清水出芙蓉,天然去雕饰"之美。概览时,通篇文字没有波澜壮阔

6

起伏跌宕场景,更没有曲折离奇荡气回肠的故事情节,从布局到谋篇,从情节到语言,单纯、直接、质朴,都显得四平八稳,平平淡淡。然而,静心研读,恩师从教40年的思想、观念、态度、情感却得到了真实的表达和极致的升华。恩师写回忆录与他做人性情一致,忌媚俗,忌跟风,忌轻浮,写自己的事,表达自己的审美态度,抒发自己的情感,视名利如浮云。"当好一个好官,先要当一个好人;当官是一阵子的事,而做人才是一辈子的事。一辈子当一个好人要比当好官难得多。"(选自《当官与做人》)。因此,恩师的回忆录无骄人之气,无粗滥之风,无怪异之象,倾力带给我们一种美的享受,或清醇之美,或秀丽之美,或天真稚气之美,这些才是真正的优雅高洁、沁人心脾、涤人肺腑、催人上进之美。我的学生也是我的同事王晓娟说,读王老师的回忆录就像是在读一本哲学书,他所写的每一段文字,看似平淡但都有耀眼的闪光点;他人生的每一个节点都给人一个启迪,教人做人,教人做事,教人持家。

读着恩师的回忆录,我自己也回想起许多往事,深感自己前世与恩师有缘。我俩虽是两代人,但几乎在同一时间来到美原中学,他是老师,我是学生;都在学校干过,他先教我,我大学毕业后又在师范学校直接或间接教过他的一对子女;同在不同的教育局机关间接共事,他是局长,我是干部;又都在督学战线上谱写人生,他是退居二线在教育督导岗位上发挥余热,我却是在不惑之年始把自己的全部奉献给祖国尚不成熟的教育督导工作。我们有缘,这种缘分将到永远!这也恐怕是恩师让我作序的一个主要原因吧。

读着恩师的回忆录,心中不免生出一丝温馨:上有耄耋老父,下有儿女,且各有所成,四世同堂,尽享天伦,其乐融融,但有一个人是不能被遗忘的,那就是他的老伴。是老伴含辛茹苦支撑了家庭,孝敬父母,养育儿女;是老伴默默无闻支持了恩师,执著撑起一片教育的蓝天;是老伴的建议,也是儿孙的诉求,才有了今天我们手头恩师撰写的回忆录。写回忆录,用恩师的话说:一是对一个登上峰顶的人回望来路时的人生总结(他认为 60 岁就是登上了峰顶);二是给后辈奉献一笔精神财富;三是给社会生活多一些参考,同更多的人交流人生。就这么简单,这么朴素,一句冠冕堂皇的话都没有。

读罢恩师的回忆录,仍然爱不释手,总觉得意犹未尽,还不过瘾。如此简单地回顾自己,比起恩师的精彩人生,有点儿太简单!故以"素描人生也丹青"做题目,写点文字,是为序!

2012 年 9 月 10 日于渭南

(作者系省级督学,渭南市教育督导室副主任)

目　　录

第一辑

「成长岁月」

童年记忆

一九五一年农历十一月二十五,我出生在富平县美原镇云亭村。村子在美原街西边,相距不到二里路,村子中间有个古庙,每年农历六月初二,庙里过会,方圆几十里的人都赶来烧香拜佛,庙前有棵老槐树,传说这棵树已有千年历史了。村里有两大姓人,庙东边住着姓王的,西边住着姓周的,我家就在村子的最东边,当时村子的城墙还在,那时村子仅有百十口人,全靠种地生活。每年腊月,村上各户都做豆腐,转乡去卖,做豆腐这一生意一直传到今天,所以我们村被方圆数十里的人称作"豆腐村",家乡人朴实,勤劳。我的童年,是在家乡度过的,家乡是生我养我的地方,家乡是我的启蒙学校;家乡的田地、家庭是我的启蒙课堂;家乡的父老乡亲是我的启蒙老师。我从这里学会生活,走向社会。

童年时,家庭的环境对我后来的成长影响很大,为了叙述的方便,我先把家庭祖父母到父辈的情况做一简单说明。

祖父王太平,生于1894年,是个独生子,曾祖父曾祖母早年过世(父辈们都没人能记得），祖母李孺人生于 1897 年。生有五男一女，分别是：大伯父王景春，有三男二女。二伯父王全套，十五岁时病故。父亲王景林，有三男四女。四叔父王景贤，有三男二女。五叔父王景杰，有一男二女。姑姑王千金，出嫁宏化孙家村。

当时我的家庭在祖父母以及父辈的辛勤经营下，已经由一个极度贫寒的家庭，转变为村上一个有名的大户人家。新中国成立前后，已经有了自家的土地、牲口、大车、豆腐坊。我出生在这样一个大家，又是父亲的长子，家里人都宠着我，我是出生在了一个幸福的家庭。然而好景只有几年，就在我刚满三周岁不久，父母因感情不和而离婚，那时母亲改嫁，带走了比我大一岁半的姐姐和比我小两岁的妹妹，后来嫁到了美原街庙巷一个农民家中，因我是男孩被留了下来，从此，我就在婆婆和养母的管教下生活（当时父亲在管区工作），我和祖母在一起生活，晚上就睡在祖母的炕上，由于祖母的娇惯，我的性子也渐渐变野了，经常同村里的小伙伴在一起疯玩而忘了回家。

玩耍是儿童的天性，是儿童成长的必修课，甚至可以说是儿童的专利。小时候，一提起玩耍就高兴得要命，那时学会了上树、上城墙、灌黄鼠、捉蚂蚱等，一到夏天，满地跑着捉蚂蚱，捉回来圈在小笼子里，蚂蚱白天叫、晚上叫，吵得大人连觉都睡不好。我还常常和几个娃抬着一桶水，跑到苜蓿地里灌黄鼠，发现黄鼠窝后，一个向窝里灌水，一个蹲在窝边，把指头伸开，黄鼠被水呛得受不了，往外跑，刚露出头，脖子就被抓住了，抓回去后，脖子上套一条绳绳，养起来。

村上和我年龄相仿的男娃娃特别多，有十几个，小时候稍经撺掇，就在一块聚会，那时的聚会非常简单：先约定时间地点，有的拿几个鸡蛋，有的拿一块豆腐,有的拿几个馍,有的拿几根葱……记得有一次晚上聚会,不知谁说:"生产队的车房有鸽子窝,咱掏几个鸽子吃吧!"大家一听都来劲儿了,于是几个人抬上梯子,拿着手电,直奔车房。晚上鸽子被手电一照,一动不动,不一会儿工夫,几只鸽子全被活捉,那天晚上,大家异常高兴,那还是我有生以来第一次吃鸽子肉,味道特别鲜美。儿时的这种聚会,使大家的关系越来越亲近,友情越来越密切,也使我意识到:人应该懂得分享和奉献才能得到幸福和快乐。

小时候的劳动主要是放羊割草,把家乡的沟沟堰堰都跑遍了,哪里有绿色就往哪里跑,地里的树木花草几乎都能叫上来名字,每次割回的青草,既是自己的劳动收获,也是大自然的奉献。这些劳动培养了我吃苦耐劳的精神,更增加了我对家乡的情感。

记得小时候,一进入腊月,天天盼过年,"过年好、过年好,娃娃能穿新花袄!"腊月二十三是祭灶神的日子,家家贴上灶神,还要供上坨坨馍、糖瓜(用糜子面做成的);"鸡儿鸡儿吃糖瓜,再丢七天过年家。"腊月三十,各家各户挂出了祖先像,像前放好供桌,摆上供品、香炉。正月初一,孩子们都起得很早,争着去放鞭炮,记得有一年,我因放炮还把新棉袄烧着了。放完鞭炮以家为单位,大人带着小孩,端上煮好的饺子,先祭奠祖先,长辈们喊:"给先人磕头!"人人三叩首,这些纪念活动看起来简单,但人们做得非常认真。吃完饺子后,全村的青少年都穿上新衣,挨家挨户去拜年,家家的老人坐在热炕上,炕台前放着一个垫子或布袋子,等着年轻人来磕头。拜年的晚辈进了屋子,"爷爷奶奶、伯伯、叔叔、嬷嬷、婶婶"叫个不停,还要说声:"我给你磕头。"老年人坐在炕上,乐呵呵的,还一再说:"对啦,对啦,磕啥呢? 快上炕暖一暖!"一个早上要跑完一个村子,谁也没时间上炕暖,再说也用不上,跑完半个村,身子早就热了。拜完年后,孩子们三个一群五个一伙跑去看耍社火,敲锣鼓。这些祭祖拜年的活动,对人们心灵是一次升华;对和谐的邻里关系是一次加温;对孝敬父母的品德是一次嘉奖;对那些忤逆不孝的人是一次鞭挞,是一次净化灵魂的洗礼。一年一度的祭祖活动,使我童年时代朦朦胧胧地产生一个念头——做一个不忘祖先、孝敬父母的人,用行动把"人"字写端写正。

老 槐 树 下

我们村中间有座古庙,庙前有棵千年古槐,树围三抱多粗,高三四丈,树下面由于年代久远,形成了三尺多高两尺多深的一个空洞,里面可以站两三个人。从空洞向上长出五六块等距离的疙瘩,成了人们上树的台阶,上起树来如履平地,刷刷刷几下就爬到树冠上去了。

这古槐与云亭村分不开,和村里人分不开,古槐下有许多值得回忆的往事。

家乡除农忙季节外,吃饭时老槐

家乡的老槐树

树底下是最热闹的时候,老汉、小伙、娃娃三三两两端着饭不约而同地聚集在大树下,边吃边喝边谝闲传。说古道今,说东道西,没边没际,由嘴胡说,无所不包,无所不容,东家米汤熬得稠,西家面条擀得薄,白天地里干活遇怪事,晚上睡觉做噩梦,等等。有时也顶顶碰碰,吵吵闹闹,还夹杂几句骂声,娃娃们站在一起瞎起哄。笑声、骂声、呼噜呼噜的吃饭声交织在一起,形成了农家乐的交响曲。只有这个场合,人们才享受到了自由、平等、快乐;生活的烦恼、忧愁,早都抛到九霄云外去了,留下的是父老乡亲和谐融洽的情缘。

炎热的傍晚,槐树下清新凉爽,劳累了一天的人们,坐在树荫下歇凉解困,说说唱唱,是名副其实的农家纳凉晚会。虽没有节目主持人,没有固定的节目,但却生动活泼,说笑话、讲故事、唱乱弹,真是"八仙过海,各显神通"。村上有一位老人,娃娃们都称他叫"瞎子爷",他常在树下吼秦腔,而且边唱边用嘴代替二胡伴奏,有板有眼,听的人用有节奏地击掌代替敲梆子,一阵凉风吹来,树叶哗啦啦响,仿佛有了灵气,也在为老人伴奏。真是天地同乐,天人同乐。

人民公社时期,生产队在老槐树上挂了个铃,每天铃声一响,队长给在这里集合起来的社员派活——犁地、锄地、割麦、拉粪土,样样不少。这里也是反映社情民意的地方,群众的意见、怨言,常常在这里发泄。对干部不满的有"干的干哩(社员)转的转哩(干部),转的还给干的提意见哩。"对饲养员的意见:"牛哭哩,猪笑哩,饲养员偷料哩!""队长见队长,皮袄套大氅;会计见会计,看谁的飞鸽车子利;保管见保管,看谁的包包装得满,社员见社员,你没辣子我没盐。"这些顺口溜,通俗、朴实、风趣、辛辣。反映了家乡群众的智慧,也是了解民意的宝贵资料。

"文化大革命"时,庙前大槐树下放有毛主席塑像,每天早上,全村人都在那里早请示,那里还常开批斗会,批斗村上的"四类分子",小学生也常在树下毛主席像前背诵"最高指示";青年人在那里读起"老三篇",那里还真成了村上的政治中心。

老家的古槐在风霜雨雪的洗礼中,变得更加郁郁葱葱,在改朝换代的枪炮声中,变得更加苍劲挺拔,它是家乡悠久文明的历史见证,它是家乡宝贵的文物古迹。

我 的 祖 母

祖母1897年出生在薛镇店下村一个贫苦的农民家庭,那时候,乡村落后,妇女地位低下,祖母在很小的时候,就被缠成了小脚。缠脚是封建社会对妇女的歧视和摧残,它比戴上脚镣还难受,脚镣还可以取下来,而缠了脚的妇女得受一辈子折磨。祖母15岁时和祖父结婚,因曾祖父、曾祖母过世早,祖父又是独生子,这种家庭环境使祖母从十几岁起就养成了吃苦耐劳的习惯、与困难抗争的精神和对穷人的同情心。祖母在我家,地里活、家务活样样都干,还和祖父一起做过豆腐,祖母特别能纺线、织布,炕上常年放辆纺花车子,我的姐姐同祖母开玩笑说:"婆,你爱纺花,等你老了,让纺花车子给你做伴。"祖母笑着说:"好嘛! 有纺花车子我就有事干,省得心慌。"祖母织布的速度也快得惊人,她上了织布机,一天能织两丈多布,实属罕见,祖父祖母生了五男一女,由于子女多,负担重,每个孩子的吃穿她都得操心,因此祖

8

母不停地纺,不停地织,不停地缝缝补补。

祖母宽厚仁慈,心地善良,和左邻右舍相处和睦,和我母亲这一辈,没高声说过一句话,就凭这一点,我们后辈既为祖母而感到骄傲,也为母亲、叔母而感到自豪。

祖母一生爱娃娃,娃娃也爱她。我们兄弟姐妹二十人,年龄相仿的也五六个,小时候,有的坐在祖母的炕上,有的站在炕沿下,祖母的房子简直就是一个幼儿园,她成了幼儿园的园长了。记得有一年冬天的早上,天气很冷,我钻在被窝里不想起床,祖母就在烂脸盆里生了一堆火,给我把衣服烤热,穿上祖母烤热的衣服,我身上暖烘烘的,心里也是热乎乎的。

祖父母时期的全家照

1953 年,祖父因病去世(享年 59 岁),伯父主持了家务(父亲和两个叔父都在外工作),祖母则成了家庭的象征。祖母生活朴素、干净卫生、治家有方、家法很严,全家人对祖母又爱又尊又害怕。家大人多,生活清苦,但因有祖母这根顶梁柱，男耕女织，各司其职，安贫乐道，和睦相处，家务劳动有严密的分工——蒸馍、擀面、磨面、烧火等，媳妇们各把一口，井井有条。

1966年后，祖母的大孙子结婚，有了孙子媳妇，随着时间的推移，家里的人心松散，媳妇们积极性不高，责任心不强，祖母的管理遇到了挑战，每到吃饭的时候，就像人民公社时期的食堂，父辈们四家的主妇，领着各自的孩子，各给各打饭，一锅面条、一锅稀饭、几笼蒸馍，一扫而光，成了典型的大锅饭。天天蒸馍，三天两头磨面，媳妇们围着锅台、磨台、碾台、炕台，忙得团团转，干多干少、干好干坏，也没人管事，更说不上奖罚了。久而久之，媳妇把上锅台做饭、上磨坊磨面当成了负担，因此都争着去生产队干活，媳妇一走，婆婆不得不重操旧业，又得披挂上阵，替媳妇顶班。

我家过去虽很有名气，但户大家虚，挣工分的人少，每年分的粮食，连吃带各种生活费用过个年就光了，每年二三月都靠吃返销粮过日子，这样的家庭要继续维持下去已经很困难了。于是，1968年夏季，父辈弟兄四人商商量量，分成了四个家，分家后，祖母随四叔父过。

祖父母时期创建的这个家，历经了近七十年的风雨历程，终于走到了尽头，结束了封建社会家长制的管理模式，四个新生的家庭，又以朝气蓬勃的态势，开始了新的生活。

祖母于1974年3月仙逝，享年七十八岁，当时我在吴村小学教书，学校一放学，我急着回家，走到村口，听到祖母去世的噩耗，放声痛哭，从村口一直哭到家中祖母的灵前，看了看祖母慈祥的容颜，心中说："祝您一路平安！"

我 的 父 亲

我的父亲名三全,字景林,生于 1922 年 4 月,他的人生道路曲曲折折,坎坎坷坷。

四世同堂

小时候,因家贫,父亲八岁时就跟着爷爷干农活,十三岁时做豆腐。从那时起,每天挑百斤左右的豆腐,走村转乡去卖(因当时大伯被拉壮丁,二伯身体弱,两个叔父还小),父亲从那时起,就挑起了家庭重担,他买豆腐从不短斤少两,很讲诚信。这样,豆腐生意越做越大,他却失去了上学的机会,一直没能进学校念书,他头脑很清醒,算账凭心算,常一口报出,从未出错,新中国成立后,父亲就购置全了农器家具,开设了磨坊、豆腐坊,有了自家的牲口和大车,还购买了几十亩土地。

父亲在多年卖豆腐过程中,也结识了许多熟人,其中不少是地下党党员。父亲当时还常给富北一带地下党组织传递书信,党组织成员还曾动员他北上延安,因家庭的环境和祖父的阻拦而没去成。新中国成立后,父亲从自己的生活和经历中感悟出:"只有共产党才能救中国;只有社会主义才能救中国。"因此在土改中,父亲带头交出自家的土地、牲口和农具,受到了政府的好评。还推选他为土改委员会委员,他积极参加土地改革,这年被党组织任命为菜园乡乡长,并加入了中国共产党,成为党的一名正式基层干部,"文盲当乡长"成了当时地方很长时间流传的佳话。因父亲没上过一天学,不识字,1952 年,组织送他到渭南干部扫盲班学习六个月,在那里,他认会了常用的两千多字,能看报纸、读文件,父亲先后任乡长、管区主任、公社社长、书记、林业站站长,直到 1980 年退休,长达近三十年。"文革"中,他被夺权,深入农家,同农民同吃、同住、同劳动,在群众的保护下,避过了激烈的批斗。1971 年,党和政府考虑到他长达九年山区的工作实际和身体状况,调他到县城林业站工作。

1980 年,他退休回到家里,女儿接了班,被安排到商业系统工作,我已到美原中学工作,两个弟弟还在上学,父亲退休后,除管教两个孙女外,一直没丢下劳动,在他回家第二年,土地承包到户,他就一直辛勤耕作,耕作着家里的几亩责任田,直到八十多岁实在不能再干了,才转包给别人。

在父亲身上有很多亮点,也给我们传下了不少精神美德。他一直用自己的行动和精神熏陶着我们,概括起来有以下几点:

一、做人孝为先。孝是做人的道德的第一要素,父亲对祖辈非常孝顺,祖父患病时,他背着祖父看病,昼夜守在祖父的病床前。祖母在世时,父亲经常从外面给老人买些喜欢吃的东西,还给买了一身洋布衣裳,那时候,农村人穿的都是粗布衣,能穿一身洋布衣就很排场了。祖母穿上父亲买的衣服,见人就夸:"看,这是我三全给我买的袄,起明放光!"祖母的炕头上放个木匣子,放的都是父辈给她买的饼干、蛋卷等食物。祖母患病期间,父亲经常从单位回来看望,而且买了不少治病的药,父亲不仅对长辈孝顺,而且对兄长也非常尊重,伯父病故后的棺材就是他给买的。

二、严教子女。在教育子女方面,父亲以严格出名,记得我在17岁那年,偷着抽烟,看见他我就慌慌张张把烟塞进袖套,把袖套都烧着了,他得知后,把我叫到当面,严加训斥,多少年我都没敢在老人面前抽烟。一次小弟起床迟了,害怕老师批评,不想到学校去,他得知后,将其赶到学校并要求向老师认错,从此小弟上学再也没有迟到过。姐妹结婚后,只要回到娘家,他都叮咛不许和公婆翻脸,一定要孝敬老人。那时每到星期天,他都给我们弟兄安排活路:翻地、拉土、割草、放羊,在我们的记忆中,父亲从没有过笑脸,也没让我们多花过一分钱。

三、坚持锻炼,经常运动。父亲的生活非常规律,早上六点起床,晚上九点多入睡,退休后,每天坚持锻炼身体,跑步行走十多里,从未间断,现在已九十高寿了,他还坚持散步。

四、勤劳朴素。父亲一生爱劳动,割麦、扬场、犁地、耙地……这些庄稼活样样能干,八十岁时还担水栽树,父亲干净卫生,每天都将家里整理得井井有条,直到现在,还常下厨做菜。

五、清正廉洁，关心国家大事。父亲一生热爱党的事业，热心公益事业，清正廉洁、一尘不染，新中国成立初，他把家中的牲口、大车，带头捐给村上；工作期间，多次资助贫困农民，而退休时，带回家的也仅有自己常骑的一辆旧自行车和被褥。退休后，虽工资很少，但村上建校，普六普九，他都捐资助学；汶川地震他还捐款捐物。在公社工作时，逢年过节，单位发的年货他都送到贫苦农民家中，记得有一年，家中吃粮接不上，他的一个部下给家里送了一百斤玉米，他都当面算账付钱。

父亲关心国家大事，退休后他担任政协美原学习组组长，经常组织退休干部在我家学习，读报纸、看新闻，现在耳朵听力不好，每天晚七时还要坐在电视前，看完新闻。我的一些同事来家看他，他常谈论起国家大事，我们弟兄坐在一块，谈论父亲时说："父亲这么高龄，还能做到与时俱进，这正是父亲高寿的一个重要原因。"

父亲七十岁那年，儿孙、儿媳全都离家外出工作、学习，家中只剩下父母二位老人，二老相互关照，彼此体贴，1993 年，父亲大腿骨折，一百多天不能活动，正是母亲精心护理，得以康复。2011 年，两位老人领到了国家发的老龄津贴，父亲见儿孙就说："改革开放国家强，不要忘了共产党。"每逢年节，儿孙们全回来，一家人围坐在圆桌上吃饭，这个敬酒，那个祝福，父亲直乐得哈哈大笑，还说："有这样一个四世同堂之家，有你妈陪伴，我一定能活到一百岁！"

学生时代

我的学生时代前后经历了两个阶段。一九五八年春到一九六八年夏先后读完了小学和初中;后因文化大革命,回村劳动三年后,又当了五年挣工分的民办教师,一九七六年至一九七八年到西北大学历史系学习毕业后走上高中教学岗位。

小 学 生 活

过去的小学是四、二分段:初小四年,高小两年,共六年。上世纪五十年代,农村娃上学一般都在八至十周岁,女孩更迟一些。因我从小就喜欢读书,一九五八年春,刚过六周岁不久,非要跑到村上的初小一年级教室,站在教室后边要听课,当时学校的王老师爱和我开玩笑,说:"你还穿着开裆裤就想上学?"多次劝我回家,让我下学期再来,这样我回去又去,往返学校多次。

15

这年九月开学，我正式入学，当时仍是班上最小的，由于我性格开朗，又爱念书，上课成了班上发言最积极、最活跃的学生，老师还常让我站在讲台上领读课文。我热爱公益事业，热爱班集体，又爱唱歌，几任老师还都挺喜欢我的，记得四年级时，有不少晚上都睡在学校老师的炕上。初小时，我是班上的优等生，多次受到奖励和表扬。记得那时，美原街上经常有剧团来演出，我下课时，翻学校后墙去街上看戏，戏中的英雄人物，丑角，都是我爱看的，看戏时，戏中的情节对我触动很大，我幼小的心灵是憧憬当英雄，也因此渐渐爱上了文艺，四年级时就说快板，我和几个同学曾集体演过一个群口快板。这个快板是劝人与人和睦相处，互相关心，互相帮助的。"别自高，别自大，别撅嘴巴惹不下"，是我说的段子里的两句话，现在我还记得。这个节目在村演了好多回，群众挺欢迎。这次演出对我是个锻炼，为以后在中学演节目开了个好头。

1960年遇上了三年自然灾害，家中缺粮，常吃不饱，饿得肚子咕咕叫。班上也有不少大些的学生停学，记得那时，常用野菜、萝卜充饥，我上学时带着给牛喂的油渣，生吃，有时放学在生产队的豌豆草垛下找生豌豆吃。那时谈不上吃油，有干辣子和盐就算不错。这一时期，我的身体也显得很瘦小，但我没有逃学，艰难的生活增强了我战胜困难的信心，也变得勇敢了。

1962年秋，我从本村初小毕业，考入美原完小，开始了高小的学习生活。学校离家五里多路，学校规定必须住校，三天可回家背一次馍，记得开学报到那天，我穿了一身黑粗布新衣，背着一床被子和包有麦草的褥子，去学校报到。在美原完小的学生宿舍里，学生睡的是炕，一个宿舍一个大炕，房有多大，炕就有多长，而且炕下面全是实的，我们班二十多名男同学住在一个

16

三间大的宿舍的土炕上,宿舍有舍长,同学们轮流当宿舍的值日生,好多同学住在一块,还挺快乐的。

刚到学校不久,我就参加了一次接收团员大会,一个姓井的年轻老师负责学校团队工作。那天,全校学生集合在学校大礼堂。井老师向学生介绍了团的性质和任务后,说:"谁愿意入团举个手,并声明你自愿加入就行了。"高年级有一个姓陈的同学带头举手,像喊口号一样说:"我自愿加入共青团!"接着,十几个人也争先恐后举手表态。主持人介绍了几个同学的情况后,宣布将他们接收为团员。在这庄严隆重的场面,我异常羡慕、激动和兴奋,也举起了手高喊:"我自愿加入中国共产主义青年团!"主持人问我:"多大年纪?"还没等我回答,班里一个同学多嘴地说:"他还不到十二岁!"主持人说:"十二岁太小,但你可以当一名少先队员。"惹得会场哄堂大笑,尽管这让我觉得很尴尬,但也有收获——我后来成了一名少先队员。

美原完小的老师有涵养,知识渊博,思想进步,热爱学生,学校管理很规范,很严。学校特别重视学生全面发展和思想教育,学校团队工作有声有色,每周都有丰富的体育、音乐和少先队活动,我还当上了带一个红杠的少先队小队长,和学校乐队的小鼓手,参加了学校的合唱队,在学校文艺会演时,还单独表演了学习雷锋的快板,音乐老师还教我学会了几句秦腔,六年级时我当上了班上的文体委员。

美原完小每学期都要举行一次讲演比赛,我对讲演比赛有着浓厚的兴趣。讲演比赛的内容没有限制,可以自由选题。演讲稿的形成过程是一个广泛涉猎知识的过程,是一个开发智力的过程,是一个创造性的、灵活运用所学知识的过程。讲演的过程更是一个锻炼胆量、锻炼口才的过程。由于我认真准备、反复练习，每次讲演都能得奖。演讲活动为我以后讲话、写文章打下了良好的基础。

美原完小对学生的文化课学习抓得很紧，经常举行知识竞赛和作业展，高小时，我在语文课堂上爱发言，但由于性子急，写字荒唐常受老师的批评，数学老师是我们的班主任，特别严厉，我也爱学数学，记得假期在家时，五叔父还常给我出些数学脑筋急转弯的题考我，促使我从小就自己动脑子，独立思考，独立完成作业。我当时特别爱听校长何福俊老师的历史课，因为他讲得精彩、生动，我从那时起就爱上历史，从历史知识中懂得了爱与恨，说来也巧合，我后来上了大学历史系，成了一名高中历史教师。

完小两年学校生活丰富多彩，这一时期，我不仅学到了不少文化知识，而且也增长了见识，提高了独立生活的能力，对我以后的学习、工作都影响很大。

中 学 生 活

1964 年，小学升初中录取比率还不到百分之三十，按我平时的学习成绩，老师认为考上初中没什么问题，可是，由于自己平时太慌张、太粗心，考语文时，写作文《给毛主席汇报学习情况的一封信》将"我"写成了"我们"，结果语文科考试不及格，虽然数学得了 96 分，可还是因总分差两分而失去了上完全中学的机会，被录取到美原农中上学。

九月开学后，我和班上几名同学一起上了农中，开始了长达四年的农中学习生活(因文化大革命,各类学校学制统一延长了一年。)农中一、二年级开设了初中全部课程,主要学习文化课,另外还选开了生理卫生和涉农专业课,当时所开的科目中,我最爱上的仍是语文课,因语文老师讲课生动,有启发性,我也爱在课堂上发言,我写的一些文章还常被老师当范文读,这样成了班上语文学习的尖子生,数学课因代课老师讲课比较呆板,渐渐使我失去了学习数学的兴趣,久而久之,数、理、化也就落下了。

革命串联
东风1966北京

中学生活

　　我是班上一名活跃学生,班上的不少活动我都是发起者或组织者。一九六六年"五·一六"后,"文化大革命"开始,学校停课闹革命,当时我们年龄小、幼稚,只知道闹革命就是忠于毛主席、保卫毛主席,那时熟背了很多毛主席语录和诗词,背过了"老三篇",常在辩论中应用,学校当时成立了"红卫兵"组织,我也成了其中一员。一九六六年秋,学生大串联开始,我一个还不满十五岁的孩子,就领着我们班三十多名同学,在西安挤上去北京的火车,赴北京串联(当时的红卫兵,坐车、吃饭、住宿都不出钱),记得大约是凌晨五点多到北京车站,北京的解放军把我们从火车站接到工人体育场,我被编入"外地来京红卫兵三十三团三营九连十二班"住在北京海淀区,东北旺公社一个红卫兵接待站。到京后的前十几天，主要是接受解放军教官的队列训练和参观，准备接受毛主席的检阅。红卫兵接待站还常利用晚上举行文艺联欢，在一次联欢晚会上，我和我们班几名同学还自编了一个三句半登台演出。那时，我的胆子还真大，记得一次组织我们到天安门广场参观途中，我给班上一个同学打过招呼后，就一个人到军事博物馆挤到队伍中进去参观，参观完后，天已快黑，我一个人单独乘车回接待站，中间还步行了好几里路，回到站上，已经是晚上九点多了。到北京的第二十天——一九六六年十一月二十五日，我们在西郊机场接受了毛主席的检阅，当时毛主席乘着敞篷车，所到之处，群情欢腾，口号震天，看见毛主席，同学们激动得热泪盈眶，挥动着毛主席语录本，一声紧接一声地喊："敬祝毛主席万寿无疆！"受阅后，我们班同学分两批陆续离京返回，到京第三十天，我同最后一批同学离开北京返回了学校。在北京我唯一的一张照片就是和同学李鹏飞在天安门前照的相，我们两个戴着"红卫兵"袖章，手拿着毛主席语录本，至今一直保存着，这张照片它是我保存下来的时间最长的一张。

1966 年冬天，全国的大、中学校学生提倡徒步串联，从北京返回后，我不听家人的劝阻，又和班上几名同学，去徒步串联，先后到西安、咸阳、宝鸡等地，记得在宝鸡老县城，为了买到一本精装毛主席语录本，我们几个晚上 12点去排队，排到第二天早上九点才买到语录本，那时，学生为有毛主席语录本和毛主席纪念章而感到荣耀。

1967 年，本该是我们毕业的一年，可是这一年"文革"进入高潮，全国出现造反派"夺权"，学校原领导几乎都被打倒，造反派组织成了学校领导，社会上也出现了武斗，甚至打、砸、抢事件，幸亏自己当时年纪小、没有参加社会上的组织和活动,只是在学校内部活动。这一年,我和学校几名爱好文艺的同学成立了学校"毛泽东思想宣传队",我任队长,宣传队后来发展到五十多名,全是本校学生,因那时盛行"样板戏",我们排练了大型秦腔现代戏"沙家浜"和一些歌颂共产党、歌颂毛主席的歌舞和小型合唱,经常到农村、集镇去演出。当时社会上流行穿绿军装,我们宣传队成员每人做了一身绿军装。那时我很羡慕解放军,一心想当一名解放军。一九六八年春季征兵的甘肃五十五师的接兵的军人,就住在我们学校,这一年我和班上十多名同学报名参军,在接兵的曹副连长带领下,我体检顺利通过,可是当时正是"以阶级斗争为纲"的时期,很重视政审,因我四叔父当时被蒙冤戴上了"历史反革命"的帽子,我因政审没过关而失去了当兵的机会。

一九六八年夏季,全国的高、初中"老三届"学生都回农村劳动锻炼。这样我长达四年的农中生活结束,回家乡成为一位农民。开始了三年农村锻炼的农民生活,"文革"中的中学生活,虽少学了不少文化知识,但我在政治思想上却渐渐地变得成熟起来,这种成熟的重要标志就是一九六六年五月加入了共青团,成为了一名共青团员。入团标志着我的世界观、人生观初步定型,正向成人方向前进。

大 学 生 活

经过三年劳动锻炼(一九六八至一九七一年)和五年工分教师实践(一九七一至一九七六年),由于我在教学和班主任工作中都干得比较出色,一九七六年被县上推荐到西北大学历史系学习(大学最后一批工农兵学员)。

开学报到那天,我穿了一身粗布衣服,背着用化肥袋子装着的被子,带上父亲给的五元钱,告别了妻子和刚满周岁的儿子,搭上西安来大队拉下乡知青的顺车去学校报到,当时大学生国家每月补贴十八元五角钱,三十二斤口粮,除每月发给四元的现金外,其余都发的饭票。当年,我们历史系共招了两个班学生:一个历史学专业班,一个考古学专业班。我被分到历史学专业班学习,我们班共有三十四名同学来自工农、兵、党政各个行业,班上的农村学员为数不多,我就是其中一个。离开了家乡学校教学岗位,自然也就再没有每月的三百分工和五元津贴,这样家里失去了我这一主要劳力,成了欠社户,生活也就越发困难,妻子和孩子的生活更加艰难,只好依靠本不宽裕的孩子的外婆资助度日,为了解决自己学习、生活的急需和家庭的困难,在大学期间,我常利用星期天去火车站装卸货包,当搬运工,假期回家,贩些蔬菜去卖,用挣来的一点儿钱贴补家用。记得当年给孩子买的最好的礼品就是在当地食堂用两角五分钱,一斤粮票买的五个小蒸馍。

社会上的压力,家庭的困难,愈发激起了我发奋读书,早日成为一名公办教师、挣工资、改变家庭现状的欲望。于是在大学学习时,我总是不断地给自己制订计划,设定目标,认真地听课和自学。

大学和中学相比较,课程由基础性的全面发展走上了专业化,学生也从以老师管理为主走上了自我管理的自治化。上课时间少了,自习时间多,一开始还不太习惯,但过了一段时间就适应了。我常穿梭在教室和图书馆,每天晚上都学习到深夜十一点,阅读了大量书籍、做了不少笔记,就是在实习时也很注意知识与实践的联系,功夫不负有心人,每次考试成绩下来我都是班上的前三名,一九七七年,班上团支部改选,我还被推选为班上团支部书记,在学校组织的各项活动中,我们支部都积极参加,这一年班团支部获得先进团支部,我也被评为优秀团员,还成为班上的入党积极分子。

大学生活

1977年,邓小平复出后,召开了全国科技教育座谈会,"尊重知识,尊重人才",恢复了高考制度,我们从学校的广播里听到邓小平的讲话,看到了国家的前途和教育的希望。1978年春,恢复高考制度后的第一批大学生进入了校园,为校园增添了生机和活力。

学校是人成长的摇篮、知识的宝库、科学的殿堂、人类文明的长廊。在这里,老师用智慧的金钥匙为我打开了知识的宝库,开启了科学的殿堂,引导我徜徉人类文明的长廊,放飞我人生理想的翅膀。正因为如此,人们才把教育培养自己的学校亲切地称为"母校",把教育培养自己的老师尊称为"师父",就连老师的夫人也称呼"师母"、"师娘"。如果说母亲给予子女的是生命的乳汁,那么老师给予学生的就是智慧的玉液琼浆。父母、老师同舟共济,才把一个个生命变成了有血、有肉、有思想、有灵魂的人。这既是生命质的飞跃,也是生命的升华。

学校十二年的生活,是我人生最艰苦而又最幸福、收获最多的时光。在这一时期,长身体、长知识、长才干、练思想、练意志、练本领,经历了从量的不断积累到质的多次飞跃的过程。在这个过程中,一节一节的课,一道一道的题,一次一次的活动积累,才有一个年级又一个年级的小飞跃。有了十二个年级的小飞跃,才有了小学到中学、中学到大学的三个大飞跃。伴随这三个大飞跃,我也经过了从童年到少年,从少年到青年身心健康的成长过程,经历了从少先队员到共青团员的政治进步过程。没有漫长的、一定发量的积累,就没有人生质的飞跃。

十二年的学生生活是我人生打基础的重要时期,在这里我打好了做人的基础,打好了终生学习的基础,打好了投身社会实践、服务社会的思想、知识基础。基础越牢,人的建树才有可能越大越宏伟。如果说我在后来的做人、做事中有所建树的话,那么,这一切应当归功于学校,归功于老师给我打下的良好基础。

农村劳动岁月

1968 年夏,我从农中毕业回家,起初,在生产队劳动每天只给我八分工,主要是拉粪、拉土、犁地等,那时的生产队,除了正月和腊月,几乎天天有活,社员对土地有了强烈的依附性,家家户户的衣食住行都离不开黄土地,但同时大家又对在土地上劳动兴趣不高,往往是劳动时间长,劳动效率低。不少干部主要是派活、督促、检查,真正同群众一起干的很少。群众讽刺干部是"转一转,三分半(一晌的工分)"。社员没权,以消极怠工对抗,干部就以延长劳动时间的办法惩罚。社员辛苦劳动一年,年终一算一个劳动日(十分工)还挣不上三角钱。我在农村三年,有几件事对我印象很深。

一是修"红卫路"。

1968 年回农村后,正逢全国"三线"建设上马,从农村抽调一批青年去支援"三线"建设。这年冬天我和村上几位年轻人被抽去修"红卫路"。"红卫路"是一条打通富平北部通往铜川煤矿的战备路,每月 300 分工,还有生活补贴,那时我们自带被褥、劳动工具,步行三十多里(其中十多里山路)去红卫路工地,在那里按照民兵营、连编排,我们村几个编在一个连队,住在山上的一个旧砖瓦窑洞里,地上铺上麦草,上面是自己带的褥子,窑洞口用树干挡着,晚上睡觉可以看见外面天上的星星,我们这个连的主要任务是劈山、炸石、运石料。每天劳动八小时,每个连队都有自己的食堂、食堂的面粉都是民工从家中带来的,政府只是给一些生活补助费,用于食堂统一买菜、油、盐等。灶上每周还可以吃一次肉,一月每人可轮休两天,我在我们连还算是有文化的,连队每周安排我出一天黑板报,这一天不到工地上去,黑板报除选择报纸上的内容外,主要是刊登连队工地上的好人好事。工地上的生活环境虽然艰苦,但在那个年代,当人们看到工地上的红旗和大幅标语,以及年轻人在一起喊着号子劳动的场面,也就乐在其中了。有一次,我们几个工友正在打孔时,山上滚下来一块石块,眼看就落在我身边劳动的梁新旺身上,因他的听力不好,我就一把把他推到了一边,这时石头从我身边擦过,事后还真有点儿害怕。这年年终连队总结,我被评为"民兵突击手"。

二是做棉花收管员。

生产队时,队上每年都种一百多亩棉花,到了秋天棉花收获时,队上都要选两名收管员,负责收社员拾回来的棉花,晾晒和管理这两个活一干就是几个月,不管刮风下雨都有工分,而且每天给 10 分工(当时最高工分)。这个活比较轻,但责任大,每天晚上必须睡在棉花库里。当时能干这活的人都是队长信得过的。一九六九年秋,队上选我和一个老汉当棉花收管员,那时群众中流传着一句话:"不偷不带,饿死活该!"拾花的妇女都偷装生产队的棉花,我干了这事后,心想自己作为一名团员,首先要保证自己手脚干净,不拿生产队的棉花,这样说起群众来,自己腰杆也就硬了,记得一次准备收社

26

员拾回来的棉花时,发现不少拾花的妇女"腿粗了,腰壮了"(里面装着棉花),我没有去搜,我说:"现在各自先把自己拾的棉花拣一下,队长通知十分钟后他要来检查,如果发现谁偷棉花,晚上在社员大会上要点名通报。"这一招还真的起作用,在拣花时,偷棉花的妇女都纷纷将棉花掏了出来,这时我开始过称、当收完棉花时,我说:"到这个时候,队长还不来,大家干脆各自回家,队长若问时,我就说我已经检查过了,没有偷装棉花的。"拾花的妇女走后,老汉笑着说:"忙寿,我看你还真有办法!"我说:"这样做既不得罪社员,又不会使生产队的棉花流失。"这年收棉花下来,我没记错一笔账,没有给群众少算一分工,我在干部和社员中也得了好口碑。

三是当生产队副队长。

在农村劳动期间,我什么活都干,从不挑肥拣瘦,虽干活没窍道,但我很卖力。在当时,我还算得上队上有文化的青年农民,又善于同队上一些前辈农家内行进行交流,虚心向他们学习,谁家有事,我都去帮忙,在社员的心中,我成了一名生产队上的积极分子。一九七零年春,生产队干部改选,社员们选我当生产队的副队长,在当时队委会班子中,我的文化程度最高,年龄最小。让我抓农田水利工程,这一年我带领生产队民兵打了四眼井,浇灌了生产队上百亩麦田和社员自留地。为了保证灌溉,有时水泵坏了,我常夜间加班带领社员修泵,群众夸我很能行,说今年浇的麦田是最多的。那年,我和队长商量,给生产队又开了个砖瓦窑,请来了山东的技术员,烧第一窑时,我在窑上坚守了两天两夜,当第一窑砖烧成功后,我和队长还有请来的技术员高兴地买来酒菜,痛喝了一场。当时都把我喝醉了,这年下来,生产队的集体积累多了,劳动日价值也由不到三角钱增长到六角钱,村上百分之七十的户都分得了钱,我家也成了"余社户"。我虽任副队长仅有一年半时间,但在此间,使我得到了锻炼,增长了才干。

四是担起家庭重任。

1968年,父辈弟兄四个分了家,我家由一个方圆几十里有名的二十几口人分成四个小家。由于父亲在外工作,我们这个小家就我和养母及三个弟妹五口人在一起生活,那时弟妹还都小,在校上学,我成了家庭中的主要劳力,承担起了养家的责任。一九七零年春我家盖房,父亲在渭南学习,由我来负责盖房的事,那时我一个人打胡基,拉砖,拉胡基,经管匠人,样样活都干,什么事都得操心,盖房的十多天,从没睡过安稳觉,虽苦但乐在其中,深感自己总算硬邦了,成了一个真正的男子汉!在父辈的影响下,我也是很讲孝道的。从未顶撞过长辈,和养母也能和睦相处,那时我只要外出,都要用自己身上的一点小钱给祖母买些好吃的东西,只要有时间,都会抽空去几个叔伯父家看看,记得一次五叔父的肝硬化病犯了,为了找两样中药,我一天骑自行车往蒲城县城跑了两次,要知道,我家距蒲城县城四十多里路呢。终于买到了叔父急需的两样药。在家中我和兄弟姐妹都能友好相处,常带领他们劳动和干家务,支持他们的学习等,久而久之,我也就成了他们中的领袖人物。

三年的农村生活使我得到了锻炼,从农民身上我学到了纯洁、朴实的本质和尊老爱幼的好品德,我学会了处理邻里关系和家庭关系,成为一个敢于承担社会责任和家庭重任的年轻人。

第二辑

「教苑放歌」

教师生涯

　　1971 年 9 月,我被招到当时大队的小学当民办教师,从那时起到二零一一年年底退休,我在教育上一干就是四十年。四十年风雨兼程、四十年不断拼搏,先后在吴村小学任教(1971—1976 年);西北大学历史系学习(1976—1978 年);美原高中任教(1978—1988 年);流曲中学任校长(1988—1996年);迤山中学任校长兼党支部书记(1996—2001 年);富平县教育局任局长兼局党委书记(2001—2005 年);市、县人民政府任督学(2005—2011 年);其间(2007—2010 年)兼任民办蓝光中学党支部书记。经历了由民办教师到公办教师;由小学教师到高中教师;由高中教师到普通高中校长;由普通高中校长到重点高中校长;由高中校长到教育局长;由教育局长到市、县人民政府督学的不同历程,四十年虽长而短暂。四十年是我不断学习的四十年;在四十年潜心教育、教学不断实践的过程中,我丰富了知识、锤炼了意志、增强了信心、提高了能力,四十年全身心投入教育 ,与教育结下了不解之缘。四十年我虽没能获取多少,还几乎将命搭了进去,但我无憾,我欣慰! 我先后荣获省、市、县三级优秀教师,省、市先进教育工作者,优秀校长,渭南市"人民优秀公仆"的荣誉。当选为渭南市第一、二届人大代表;陕西省第九次党代会代表。

五年小学民办教师

1971年9月至1976年8月,我在吴村小学做了五年民办教师。从一年级带到五年级,承担语、数两科教学并兼班主任工作,那时,我心中只有一个念头——当一名优秀教师。我参加教师进修,自学教育学、心理学、教育法规,钻研教材,探讨教法,认真备课,虚心向老教师请教,不断提高自己的教育教学水平。这几年我几乎没请过几天假,没误过学生一节课,一九七二年十一月,我和爱人结婚,也仅请了两天假,回校后还立即补上。连续三年我所带的班级在全公社的统考中获得第一,班级也被学校评为"优秀班集体",我自己也成为"模范教师"。

那时,正逢十年"文革"的后期,教育不被重视,教师地位很低,号称"臭老九"。每次运动一来都先从教育上开刀,寒、暑假教师都要自带被褥,集中到县上办学习会,会上不是"批林批孔,评法批儒"就是"批邓,反击右倾翻案风",今天抓这个,明天批那个,有不少校领导和教师都受到批斗,会场内外,贴满了大字报,挑战书,开大会时会场非常森严,没有教师敢缺席,教师在会上讨论的发言稿几乎成了一种格式,即先背一段最高指示毛主席语录。然后说:"会前我还认识不够,听了大会的动员报告后,使我认识到这次学习会的必要性和重要性,自己一定认真开好会,记好笔记,向先进学习。"学习会上几乎不谈业务,不议教学,成了政治运动。

在当时"以队阶斗争为纲"的大背景下,学校对学生的文化课学习也渐渐放松了,按照上级的要求,学校要开展学工、学农、配合社会上的政治运动。学校要经常利用上课时间组织学生去生产队参加摘棉花等劳动。去集镇配合活动搞文艺演出。那时学校安排我所带的四年级学生办养猪场,我还专门去西安武警部队托熟人买了两头小品种猪,组织学生轮流饲养。为了配合社会演出我还专门编写了《喜看学校大变化》眉户小型演唱和学生同台表演,并赴县调演。一九七五年暑假,美原全区在美原中学召开农业学大寨大会,我被抽到大会秘书组写材料,当时负责秘书组写材料的公社领导告诉我们:"写材料首先在前面出现最高指示毛主席语录,材料内容要突出一个'斗'字。"记得我写了一份义东队小麦丰产经验材料,题目为《小麦丰产是斗出来的》,其中内容分别是"与天斗,与地斗,与阶级敌人斗。"

在"四人帮"横行的日子里,全国经济下滑,人民生活困难,生产队每年分的粮食不够半年吃,当时学校教师灶上,上下顿都是包谷馍、包谷糊糊,很少见到麦面。一九七五年春,我的儿子出生,妻子坐月子时也吃不到油和麦面,为了解决家庭吃粮问题,每逢星期天,我就骑自行车到离家百里外的三原县。泾阳县换粮,就这还得偷偷去,如果被发现还要割"资本主义尾巴"!

面对十年"文革"内乱的特定历史时期,我不仅跟上形势转,还在思考着这样背景上自己应该怎么办? 期待着形势变化,教育发展,当时,我常和从部队退休的团级干部五叔父交流,因他在部队时主要搞宣传教育工作,我与他探讨人生的成长,教育思想,教学方法,与他的谈话使我少走了些弯路,我不仅积极参加社会、学校各项活动,同时不忘学习,不丢业务,坚持为学生上好每节课,这样使我在当地的群众中、学生中获得了好的影响,并于一九七六年九月被推荐到西北大学历史系进修学习。

美中十年

一九七八年七月,我从西北大学历史系进修毕业,在县招生办工作两个月后,九月开学被分配到美原中学任教,当时仍未转正,县上按照县民办教师每月发33元工资。这年冬天,县上招录中学公办教师,招录考试对象是当年的大学、中师毕业的社来社去学员,和具有高中以上学历且在中学任教五年以上的民办教师。全县报考高中文科类的教师八十多名,录取八名,录取比率10:1。我以当年大学毕业的社来社去学员身份报了名,按规定报考了中学文科教师考高中语文、政治、历史、地理四科,其中所报的专业课成绩占总分的百分之四十,其余三科各占百分之二十,当时,我带了高一年级七个班的历史课并兼班主任工作,距考试不足十天,那时我白天上课,晚上备完课后复习,常复习到深夜两点,终于复习完了高中语、政、史、地四门课的全部内容。考试成绩揭晓,我是全县中学文科类总分第一名,其中历史99分。这年十二月招录的正式文件下发,我由一个民办教师转为一名公办教师,随即也转了户口,每月工资定为38.5元,当我领到第一个月工资时,高兴得一夜没合眼,第二天就将30元带回给养母和妻子,让她们和我共同分享成功的喜悦。我终于实现了由一个小学民办教师转为高中公办教师的愿望,从那时起,我就下定决心,一定要在教育战线上大干一番,做一名优秀的人民教师。

教 学 教 改

一九七八年我到美原中学时,已经是恢复高考制度的第二年,学校回到了学生以学为主,提高教育质量的时代。那时我刚二十七岁,年轻气盛,加上自己有前面五年小学课堂教学的实践,又有大学刚学过的专业知识,学校又信任自己,连续九年让我带毕业班的历史课,我深感自己有了用武之地,因此,在高中毕业班历史科教学中做了一些探索和尝试,归纳起来,主要有以下几点。

一、激发学生学习历史的兴趣。学习兴趣是学生力求认识某种事物的积极倾向,是推动学生努力学习的内在动力。学生学习兴趣的浓淡,学习积极性的高低,是学习活动成败的决定因素。为此,我在导课、课堂提问、小结等环节注意激发学生的学习兴趣。在教学中我力求自己上课饱含激情,以自己的情绪去感染学生,使学生产生愉快的情感,为教学创造生动、活泼的气氛。其次,采用多样化的教学方法,调动学生的学习兴趣。如课堂教学中常采用趣味性较强的历史故事、典故、生活实例、名言警句等形式作为讲解某一知识的手段,这样既能扩大学生的视野,又可引发学生强烈的内在求知欲。

二、夯实"双基",培养能力。从历年的高考试题可以明显看出,对各种能力的考查都依托了学科知识，没有一道题是纯粹的脱离学科知识的能力测试题，没有一份试卷是国内外流行的"智力测试题"的翻版。大部分试题考查的是基础知识，能力要求并不高。这就要求我们不能放松历史基础知识的教学，所以，我每年复习课的第一阶段，都用将近八个月时间，全面、扎实落实"双基"，挖掘有效信息，掌握基础知识，在小范围内实现知识的有机结合，形成一个小系统。对每一个知识点的复习，做到深到底，宽到边，不留死角，夯实基础。与此同时，我又注重了对学生增强综合意识，应用意识，多角度分析问题的意识的培养；加强比较能力和系统分析问题能力的培养，重视运用辩证唯物主义、历史唯物主义的基本原理分析历史现象，认识历史过程，切实提高历史思维的质量，把科学的理论转化为自己认识问题的思维方式、思维观念，从根本上提高运用理论独立分析具体问题的能力。

在复习课的后一阶段，我根据前段复习中学生存在的具体问题，以及高考命题改革的方向，继续夯实"双基"，拓展学生的思维空间，培养学生的综合能力和创新能力，提高学生审题、解题的应变能力。其具体对策是：首先，坚持以学科主干为依托，加强知识点的形成过程的教学，在前一段复习的基础上，继续强化学科主干知识的同时，关注学科主干知识点之间的连接，提高学生从宏观上把握知识的能力，帮助学生把零星的知识点还原为一棵知识之树，建立起历史学科知识的系统结构，以此来解决知识点的形成问题。其次，加大思维能力培养。高考试题，以能力立意的试题知识含量小而思维力度大，而且往往多项能力的考察融于一道题中，其重点不在于考查学生掌握了多少知识，而是考查学生是否具备运用所学知识解决问题的能力。复课教学中要通过对史实多层面、多角度地进行比较、分析、综合、归纳，培养学生的思维能力。鼓励学生提出问题,多提问题,敢于质疑,善于质疑,不受课本或传统观点和结论束缚,勇于提出自己的见解。再次,关注热点和焦点问题。历史学科有以史鉴今的特点,通过关注热点问题,捕捉当年高考的重点,更多地创设问题情境,以提高学生对大跨度试题的知识重组,再现能力和应变技巧的能力。最后,精编题组,提高训练的效率。精编题组的关键是精选试题,精选试题主要把握好以下几个方面:一是选择试题的难易程度;二是选择试题的题型题量;三是选择具体题目,成套试题逐一筛选,对选定的试题自己先做,这样既可以纠正试题的错误,也可以真正体验学生做题的难易程度;四是选择试题的策略。选有导向作用和具有时代气息的试题,选择具有激励作用的试题,选择有利于打破学生思维定势的题目,选能够一题多变和覆盖某一重点的系列题,选有利于对重点、难点知识进行深度辨析的基本观点运用的题;选有利于引发学生独立见解的试题等。只有如此,才有利于学生在更高层次上理解历史,提高其概括、归纳、分析、评价、比较、说明、论证等基本学科能力,才能达到训练的目的。

三、加强历史学科与相关学科的联系与渗透。历史以其特有的文化积淀性、学科包容性、内在综合性,成为最有活力的一门学科。它涉及的范围包括经济、政治、文化、科技等方面,这就决定了历史与其他学科是紧密联系的。既要运用政治、地理知识来分析、解决历史问题,又要合理地将历史知识渗透到政治、地理学科中去,运用历史知识去分析解决政治、地理学科中的问题。我在教学过程中发现许多问题并非单一因素构成,其发展的过程及产生的影响往往涉及很多方面。如:"世界上最早的纸币——交子"可设下列题目:问题一:以北宋"交子"为重点叙述中国古代货币的沿革。问题二:北宋时期"交子"首先出现于四川的原因是什么？问题三:作为长期以来在中国古代的经济贸易中独树一帜的四川经济,为什么没有成为中国的经济中心？教学中,我引导学生认识以下几点:首先,中国的货币在原始时代用贝壳作媒介物。到先秦时代,人们开始用铁或铜铸成钱币使用,西汉以后随着冶铁业的发展,人们较多地使用铁钱,北宋时期,由于四川地区商业贸易发展,出现了世界上最早的纸币——交子,但是人们主要还是使用铁钱和铜钱。直到明朝中期,银元成为一种定型定量的货币。然后从历史角度分析:一是四川农业手工业比较发达,丝织技术居全国之首,川西平原千里沃野,素有"天府之国"的头衔。二是由于唐末至五代中原战乱割据,地主、富商云集四川,客观上推动了当地商业贸易发展,这是交子首先出现在四川的主观原因。从自然地理角度分析:尽管四川是一个盆地,四面环山,且有雄厚的物质财富和良好的经济基础,使四川的商业活动必然要和外地发生经济贸易,特别是和长安、洛阳、扬州等城市发生联系,为了携带方便,纸币必然要代替沉重的铁钱。历史上的四川,铁矿开采量低,冶铁业薄弱,流通社会的铁钱量少,所以用纸币代替铁钱也就应运而生。这是交子出现的客观原因。再从政治原理上分析:以上关于纸币主、客观原因反映了内因决定事物发展的方向,外因对事物的运动变化也有重要影响这一原理。从纸币的使用范围来看,这仅局限于一批大商人,流通于几个城市,对中国古代货币的沿革没能产生普遍性、全局性的影响,这就是说,北宋四川地区纸币的出现是中国货币发展过程中的一个量变,不是一个质变。对于四川为什么没有成为经济中心,引导学生从三个方面去认识,一是自然经济的保守性。二是区域经济的半封闭性,三是自然地理环境的局限性,即缺少必要的交通条件和资源开发能力。联系当前实际,证明改革开放是我国经济发展的必由之路,只有改革开放。才能使我们摆脱传统经济的束缚,加强同世界各地的交流与合作,推动我国经济的全面发展。

要做到多学科渗透,在平时的教学中应通过承前联系,同步联系,超前联系,使各科在知识背景、教学内容、思维方法、学习能力、操作技能以及科学的、道德的、审美的教育因素等方面相互补充、相互配合和相互贯通,把学科间同类的知识信息集中在一起,相关的技能训练紧密联系。还要从实际出发,以学生为主体,创建各种活动载体。如:讨论会、座谈会、辩论会,参观调查,撰写小论文等,关注社会问题,实现学科间的渗透,培养学生实践能力。

四、完善知识结构,强化教师自身素质。人常说:高考是考学生,也是考老师,高考试题改革提高了对学生的要求,相应地就提高了对教师的要求,老师只有不断提高自己的素质,方能适应改革的要求,培养出高素质的学生。作为一名高中历史教师,仅靠单一历史专业知识是不行的,历史是一门综合性学科,历史教师合理的知识结构,就是一专多能。为了适应新要求我坚持做到"四要":一要处处留心学习,学问无所不在,坚持读书,及时了解教学研究新动态,吸收新的研究成果,以便在教学中运用。二要善于总结,写历史问题见解,摘历史资料,记平时所见所闻,以提高观察、分析认识问题的能力。三要多兼涉其他学科,多读政治、地理等资料,重点了解各科发展史部分所讲述的内容。四要坚持业务进修,不断充实和更新历史专业知识,从各个方面去探索和适应高考改革的需要。

班主任工作

一九七八年九月——一九八八年八月,我在美原中学一干就是十年,一直担任班主任,其中连续九年担任毕业班班主任。我深知,要做好班主任,首先要当好科任,只有教好自己所带的一门课,学生才会信任你,尊重你,说起话来学生才会服你,因此,在教学中我力求给学生上好每节课,记得我到校后上第一节课,由于课前准备充分,讲课熟练,生动,就获得了学生的掌声。

美原中学 80 级 2 班毕业照

班级是学校进行教育、教学工作的基本单位。班主任是班集体的组织者、教育者和指导者,班主任在学生全面健康成长中,起着导师的作用,班主任的管理教育举足轻重。我在做班主任工作中首先从尊重学生,热爱学生做起,给每一位学生以真诚的爱,用爱去感化他们,用爱去激励他们,用爱去包容他们。当我充满激情和梦想,踏上讲台,担任班主任工作那天起,我就这么想,也是这么做的,课堂上,知识的讨论;树阴下,人生的探讨;运动场上,共同的呐喊;每次寒流到来前的叮咛;失意时的安慰;生病时的问候;需要激励时,轻轻地拍拍他的肩膀;需要理解时,设身处地促膝谈心。从这些细小事做起,付出的是真诚与爱心,回报给我的也是满满的沉甸甸的真诚的果实。

八零届乐建波同学因病住院,是我和同学晚上守护在她的病床前,帮她输血,身体恢复后,乐建波考入北京化工大学。

美原中学八四级五班毕业照

八零届雷加文同学,带病学习,我让他住在我的房子,叮咛他按时吃药,坚持学习,后来考入中国人民大学。

八一年魏琪同学是从外校转来的高考落榜生,在我的鼓励下,由理科转入文科并顺利考上了北京大学,成为富平县第一个考入北大的女学生。

八一年王转旺同学,第一年高考外语仅考了 10 分,后来回校补习,我不仅没有歧视他,还不断给他以鼓励,并联系英语老师给他辅导,第二年考入了陕西师范大学,现早已成为中国矿业大学的教授。

八一年钟平安同学因连续两年高考落榜,回家劳动,我把他们从劳动的地里动员回学校补习,根据他们自身实际,由理转文,仅用了一年时间便考上了重点大学。

八二年贺增刚同学,当年几乎预选不上,是我帮他经过一月的强化学习后,顺利考上了重点大学。

八三年惠民尚同学,在高考复课的关键时刻,母亲因意外事故而亡,是我把他从痛苦中唤醒,帮他解决生活困难,当年考入了西北大学。

八四年任良民同学,因父母双亡,兄弟两个和祖母生活,生活十分困难,我资助他考入了陕西师范大学。

来明善同学因数学底子太差,连续几年高考数学都不及格,已回家劳动了半年,我把他从工地上动员到学校补习,给他联系数学老师补课,第二年高考进入了全县文科前三名,其中数学考了 89 分,被西北大学中文系录取。

农村学生缑发世家中弟兄姊妹九个,生活十分贫寒,但他人穷志不穷,学习特别刻苦,我常和他研究历史、探讨政治,鼓励他发奋读书,经过努力,他终于跳出农门,考上吉林大学哲学系,成为他们村上少有的大学生。

八四年惠碧贤同学,是一名外校转来的插班生,她外语底子较弱,因此我专门安排她和班上外语最好的同学坐在一块,相互帮助,使她的外语成绩得到显著提高,并进入全县文科前五名,于当年考入厦门大学。

美原中学八四级六班毕业照

八零届,我担任理科重点班班主任,虽没带主科,但我调动和协调各科老师,激发学生学习热情,这个班当年高考上线率居全县之首。一九八一年高考中,全县文科上线的还不到八十名,我所代的班就考了三十六名,其中九名同学进入全县前十名,第一名还进入了省前十名。

一九八四年,我代的文科应届班,41 名同学参加高考,38 名同学就达到了高考录取线。

那时,不管是富学生、穷学生,本班的抑或其他班学生,我都一视同仁,从不忘记对他们的随时关心和鼓励,我只有一个念头,让我的学生都能考上大学,成为建设祖国的栋梁之才。

由于我把爱献给了每一位学生,献给了教育事业,我所代的班级连年被评为学校的"先进班集体",我也连年被评为县、校模范班主任。

在十年的班主任工作实践中，我始终注意做到坚持"一个标准"，调动"两个积极性"，依靠"三个方面"力量，发挥"四套班子"作用。

坚持"一个标准"。即在班级管理中对好学生和后进生永远坚持一个标准，既不歧视后进生，也不助长好学生的坏习惯，坚持一视同仁，赢得学生信任。

调动"两个积极性"。即调动学生参与班级活动和班级管理的积极性，增强每个学生的责任感和参与意识，为管理班级献出自己的力量。

依靠"三个方面"力量。即充分调动和运用学校、家庭和社会三个方面力量参与班级管理，以提高班级管理工作的实效。

发挥"四套班子"作用。即发挥好团支部、班委会、科代表、小组长的作用，四套班子是班级的中坚力量，他的模范作用如何，对班级管理的成效至关重要。这样做既能使学生受到严格的行为规范的约束，又能在宽松自如、充满温情的班集体中充分发挥其个性特长，得到全面发展。

在教学岗位上，我先后给七十多个班代过课，给十五个年级当过班主任，又当了近十五年高中校长，直接和间接教过的学生近万人。

我的学生分布在各行各业、天南海北，有教授、学者、党政干部、军官、科研工作者、企业家、农村科技致富带头人，等等，有的已经年过半百。我已走出校门，离开学校十多年了，荣幸的是不少学生仍和我保持着联系，逢年过节看望我，同学聚会邀请我，来电话问候我，给我的晚年生活带来了无穷的乐趣，真有"桃李不言，下自成蹊"的感觉。

每次聚会，师生重逢，感慨万千，大家都要倾吐一下肺腑之言。师生团聚，学生总是以热情的掌声邀我说几句话，感情难却，我也就说几句，其主要意思是：

我毕生从事的事业中，最崇高的是教育事业，因为它是铸造人的智慧和灵魂的事业。

我一生的工作岗位，最光荣、最值得骄傲和自豪的是讲台，因为它是我笔垦舌耕的园地，是我用武的战场，有了它，才有了桃李遍天下这一最光荣的收获。

我没有金银珠宝，没有万贯家产，但我自认为是一个很富有的人，我有一笔最富有的资产和财富——我的学生。

师生感情是人间一种最纯真、最高尚、最道德的感情。因为这种感情只讲奉献，只讲付出，不图回报，这是一种崇高的情谊。

穷学生，富学生，学得好的，学的差的，在教师的眼中统统都是一样的，要一视同仁，这是教师重要的职业道德。

这就是我作为一名教师的感悟！希望所有的学生们工作顺利、家庭和睦、事业有成。

师 生 情 谊

我的孙子王致航三岁的时候，有一次，他神秘而天真地给奶奶说："我这下知道了我爷爷的名字。"奶奶问他："叫啥？"致航说："爷爷名叫王老师！"奶奶和他都笑了。当然，这不是我的名字、但孙孙也没说错，因为家里来人或领着孙孙上街碰到熟人时，对我总以王老师相称。

我从一九七一年走上工作岗位到二零一一年退休,一直没离开教育,我当教师、校长在讲台上站了三十多年,在县教育局任局长,从事了五年教育行政工作,二零零五年退二线后,又任市、县督学,我的一生和教育结下了不解之缘,和教师结下了不解之缘。

美原中学80级五班三十年同学聚会留念

过去,不管任校长,还是任局长,我的学生,包括大部分同事都把我叫王老师,而不称职位。这使我由衷地高兴和欣慰。因为听到一声"老师"让我感到分外亲切,我和学生之间也就没有鸿沟了。相反,学生若叫我局长真的让我毛骨悚然,好像师生感情已经破裂了,或者出现了鸿沟。有一次,我在鸿宾楼吃饭,有两个学生突然过来给我祝酒,还说:祝王老师健康长寿。当时我还一愣,没想起他们是谁。他们自我介绍说,我给他们带过课,其中一个说:"王老师,你在课堂上说,好好学考上大学后布鞋就换成皮鞋了!正是

46

在你的鼓励下我们才考上了大学,现在成为一名国家干部,愿今后能与老师多联系。"我激动地握住他们的手说:"谢谢、谢谢你们的关心和祝福!"一个普普通通、平平常常的教师能得到人们如此的厚爱,我做梦也没想到。

我从教三十多年,学生近万名,现在年龄最大的已经五十多岁了,最小的也已三十左右,经常和我有来往、有联系的百人左右。在几十年的交往中,这种师生关系已由过去的我讲你听,我问你答变成了现在的互相谈心、互相讨论、互相商量,进而发展成了朋友关系。我感谢学生,他们走出校门后,在工作岗位上的出色表现,取得了卓越的成就,使我感受到了教师的责任和荣誉,教师职业的崇高和神圣。

我感谢学生,他们毕业后无论走到天南还是海北,还经常看望我这个老师,使我的人生绚丽多彩,晚年生活过得充实愉快。

美原中学八四级四班毕业照

我感谢学生,每当我陷入困境时,他们总会挺身而出,帮我排忧解难,使我度过了一个又一个难关。

一九八零年八月,村上给我划拨了一院新庄基,刚从美原中学毕业的八零级二班十几个学生赶来帮忙,拉土打墙,不到一周时间,就打起了院墙。一九九八年春我因病去西安住院治疗,在西安工作的学生闻讯先后前来看望,在师大工作的陈鹏,在教育出版社工作的田和平,在公路学院工作的惠记庄,在化校工作的乐建波,在省建大工作的惠渊峰,在邮电学院工作的张衡,在西安财经学院工作的张文军,在八中工作的贺增刚,在省公安厅工作的肖斌,在新闻出版局工作的来明善,在铁中工作的赵江善等来医院同我聊天,给我宽心,有一次病房里来了七八个学生,由于说话声大,护士还提出了警告。一九九九年十月,我代表迤山中学参加陕西省名校论坛,在西安工作的美中八零级、八一级学生分头前来宾馆看我,宾馆的服务员看到这种场面,十分羡慕,连声赞叹:当老师就是光荣!二零零六年我去宝鸡出差,在宝鸡国税局工作的学生钟平安得知后专门来宾馆看望,还硬将我拉到服装店花了几千元给我买了一套衣裳。退二线后,我经常去西安,每次去只要有一个学生知道都联系好多我的学生邀我一起吃饭、聊天,特别是八零级的同吉焕、八四级的党靖、王耀光常给我吃饭住宿提供方便。二零零九至二零一一年,我随市督导评估团去各县,所到之处在那个县工作的学生知道后都来住地看望我,在合阳县委工作的奕存弟,在蒲城县工作的李发运、连九社、周品莲,在渭南工作的王谦、杨树银、徐管民、杨公平、张考武等,不仅硬邀请我一起吃饭,还一再叮咛让我保重身体,使我感激不已。现在我已退休在家,几乎每周还都有学生打电话,或前来家中看望,有在外地工作的,也有在本县工作的。

我深感师生感情是人间一种最纯真、最高尚、最道德的感情。它是一种最崇高的情谊。

再回美中

退休后,我准备写一部自己的回忆录,当我动笔之前,心想美中生活,必是我要写的重要一笔,因此,二零一二年春,我再次回到美中校园。因为作为教师,美中是我任教时间最长的地方(1978 年—1988 年 9 月),这里曾有我尊敬的领导,亲密的同事和亲爱的学生,特别是担任班主任和教历史课的那段和学生们一起摸爬滚打,亦师、亦生、亦友的情结,更是令人难以忘怀。

再回美中留影

当我走进校园,当初那一幕幕情景就闪现在我的眼前,勾起了我对那段历史的回忆。

在我的记忆中,那时的学生非常珍惜高中学习机会,学习都很努力,常常是天还没亮,教室里已坐满了早读的学生,下午刚吃完饭,在校园的树林下,在学校西北角的菜地边,就有手捧课本、认真学习的学生,那些衣着朴素,头发凌乱,却又孜孜不倦学习的学生,成了学校最常见的风景。那时的学生大多来自贫穷落后的农村,家离学校比较远,很长时间不能回家,周末留在学校坚持学习,尤其是高三,大家更加忘我地利用一切时间来抓紧学习,正是在这种学习氛围中,学校在条件相对简陋的情况下,取得了一个又一个的好成绩,每年无论是高考还是学科竞赛,都是捷报频传。这也是令所有美中人感到最光荣、最自豪的事情。

和美中现任校长郭铜川留影

那时候,国家困难,学校经费不足,设备很差,图书馆里书很少,不少教室窗子没有玻璃,宿舍床铺是土泥成的台子,二三十个学生挤在一起,夜里上厕所的同学,回来往往找不到自己的位置,但是,每天早上一起床,第一眼看到的就是班主任老师已经站到了宿舍的中间。那时,农村学校经常停电,一停电,学生晚自习就用墨水瓶做成的煤油灯,四五个同学围在一起学习,当时,不少学生上不起灶,每周回家背干粮充饥,赶上秋冬季许多学生背的是杂粮面馍,到星期三,就成了粉末了,只能用开水泡着吃,有的学生就点咸菜,有的学生放点辣椒面或盐……学习条件、生活条件都很差,但求知的欲望却丝毫不减,学校严格、老师认真、同学努力,从校长到员工,从老师到学生,个个精神饱满,学生学习目的非常明确。

那十年,校领导换了一届又一届,但学校严格治学的宗旨没有变,学校向国家高等学府培养和输送了一批又一批的学生,而且质量越来越好,素质越来越高。这是为什么? 我认为美中存在着一种精神,是历届领导、老师和同学们长期培养而形成的一种精神,这就是美中精神,被人称为富平的东北风(强势之风)。这种精神就是艰苦奋斗,为祖国而教,为祖国而学;这种精神就是想尽一切办法,调动一切可以调动的力量,为圆强国梦培养出更多的优秀人才。

在美中工作时,感受最深的一点,就是每位老师与学生之间的关系非常融洽,美中的每个班学生都很多,而每位老师对班上的每一位同学的具体情况都了如指掌,各个任课老师也都积极与学生沟通,这样,就营造了一种相当亲和轻松的气氛,学生组织什么活动也会邀请老师一块参加,平时也经常与老师开玩笑,哪位学生感到吃力了,生活有什么困难了,老师就会竭尽自己所能去帮助他们。当然,如果谁在平时不严格要求自己,老师们也会严厉地批评甚至呵斥,在学生的心目中,老师就像自己的家长一样,可亲可敬又有几分严肃。正是这种良好的学习生活环境,美中才能在各方面取得很突出的成绩。每年都有许多的学生从这里考入大学,自己的辛勤耕耘终于在这里结成了硕果。在母校的精心培养下,他们改变了自己的命运,也使自己有了一个更高的人生起点。

美原中学八五级二班毕业照

上世纪八十年代,是美中校风、教风、学风最好的时期,也是美中最辉煌的时期,那时美中名气很大。每年高考,不仅理科好,文科也尤为突出。文科成为全市的一面旗帜,吸引了来自周边几个县的学生,甚至有西安市的学生。文科(81—88级)连续八年富平县第一、不仅有考入北大的魏琪、李稳信、王永红;有考入中山大学的张向明;考入复旦大学的党青河;考入人大的雷加文,考入吉林大学的缑发世;考入厦门大学的惠碧贤等,而且每年都有数名学生考入西北大学、陕西师范大学、陕西财经学院、西北政法大学等院校。

美中的文科取胜是从八一年开始的,这一年,学校改变了重理轻文的理念,加强了文科班的师资力量。八一届文科是应往届合编了两个班,预选后合成一个班。当年六十名学生参加高考,在高考录取比率很低的情况下,上线人数就达到 36 名,上线率达到 60%,全县文科高考前十名就有九名产生在这个班,其中张向明同学进入全省前十名,居渭南市第一、魏琪同学录入北京大学,当年的应届文科生樊存弟、杨旭民、王长寿等,也都考入了西北大学。

八二届(因初中学制调整)高中没有应届毕业生,这一年仅有两个文科补习班,其中大部分是八零、八一届文、理高考落榜学生,他们当中不少理转文,经过近一年的努力,当年上线的四十多名学生中,就有三十名理转文学生圆了自己的大学梦。有考入北大的李郁,考入人大的雷加文、考入复旦大学的党青河等,这一年本省院校除考入西大的田和平、王安朝数名外,陕师大就录取了十名,有不少同学还同在一个系。

八三届(因高中两年改三年)这一届全县学生都少,然而这一年美中文科仍取得优异成绩,有考上吉林大学的缑发世,考入西北大学的惠民尚、贾玉凤,考入陕西师范大学的王喜罕等。

八四届是初中改制后升入高中,又是高中改为三年制的第一届学生,这一年学校应届共有八个班,其中文科三个班,这一年除个别补习学生编入应届班外,没设补习班。这一年美中高考上线人数达一百六十多名,其中文科上线人数达八十七名,首次超过了理科,达到美中文科的顶峰。美中不少农家学子打出了东潼关,占领了京津沪,奔向全国各地的名牌学校,在西安各高校几乎都有美中文科毕业生的身影。

和美中正副校长在操场留影

八五届文科应往届都有,这一年也取得了骄人的成绩。其中应届文科学生杨琦、王谦等五名同学进入全县前十名,杨琦同学为县文科第一。不少八四届当年没有考上的同学也都圆了自己的大学梦。

八六至八八届,美中文科也一直在全县领先,那时,富平流传着"要上理科走迤山,要上文科去美原"。在那时,美中的文科学生只要不放弃,坚持在校继续复读,几乎全部跳出农门,进入高等学府深造。

美中这一时期文科为什么如此辉煌?除了农村学生求学心切,学习刻苦外,与当年学校有一批师德高尚、学识渊博、治学严谨、敬业爱岗的名师分不开;与各科老师同心协力打总体战分不开。

美中上高校的部分学生返校留念

当年的语文老师田爱民在炎热的夏天穿着背心给学生刻印习题；数学老师田育中、姜福涛、杨录长、惠西胜等争相给学生辅导，外语老师刘宝全带病工作；政治老师惠冬楼、同世兴情续饱满，地理科老教师管仲俊，讲课精细，辅导及时，青年教师贾志义备课认真，作图规范，等等，这些都给人留下了美好的回忆。

那时美中的老师贺长令、陈志明、马可文、李军儒、李谦仁、姜岳、褚理若、张庆录、张崇志、张继国、王引奇、相增科、吴振荣、傅银善、邹喜中、刘晚侠、田志令、王善民、贺志信、鲁麦丁、徐思元、李俊杰、张回庄、张自新、党会若、何道发、路志民、党彩龙、韩志寿、靳友社、祁吉寿、张立侠、刘顺祥、王沉等，都给人留下了深刻印象。

美中这块神奇的宝地，不仅是培养学生的地方；也是锻炼教师、培养校长的地方。当我离开美中教坛十四年后，走上教育局长岗位的时候，全县六所高中，其中四所高中的校长和县教研室主任都是美中走出的教师。他们分别是：美原中学张立侠、傅银善校长；流曲中学惠西胜校长；刘集中学路志民校长；立城中学李谦仁校长；教研室田育中、刘顺祥主任。

正是这样一批优秀的师资和广大学生的辛勤努力，共同谱写了美中的辉煌。

转完学校，天色已晚，我才恋恋不舍地离开了我工作时间最长、事业上最有成就感、最令人难忘的美原中学。

这时心想，我将这段历史写进我的回忆录中，当学生们看到这里，一定会勾起他们在美中学习辛酸而又美好的回忆。

校长岗位

一九八八年八月,在中共富平县委、县政府在流曲中学举办的首届高中校长竞选会上,我通过演讲、答辩,获得第一名,当选为流曲中学校长,从此在高中校长岗位上一干就是十五年,其中流曲中学(普通高中)九年,迤山中学(重点高中)六年。

流 曲 中 学

一九八八年春,流曲中学两名学生被杀,校长卧室的窗被炸,人心慌乱。高考也陷入最低谷,我去流曲中学之前,家人、亲朋都劝我别去,他们都为我捏着一把汗。但我想,既然参加竞选并且竞选上了,就要有一种"明知征途有艰险,越是艰险越向前"的大无畏精神。九月份,县委组织部、教育局领导带我去流曲中学宣布我的校长任命,在这一次会议上,我说了两句话:"一是从今天起,我就成为流中人,和大家融为一体,我们是一家人,一家人不说外活,都希望咱们这个家和睦相处,家庭兴旺,二是从明天起,我首先做好一名教师,代毕业班文科两班历史课,我代的学科保证高考获全县第一,若考不上第一,大家可以赶我走,我也希望同志们代的课能考出好成绩。"

同流曲中学现任领导班子留影

一、既当指导员,又当战斗员。从到校第二天起,我就代全面了解学校情况,制定学校发展规划。代了文科毕业班两班历史课(每周 12 节),白天除坚持上课外,还深入处室、教研组、教师、学生中了解情况,晚上备课,批阅作业。每天起得最早,睡得最晚,记得那学期第一节示范课就是我上的。校长县上开会多,每次开会回来后,我都在当天晚上给学生及时补课,从不耽误学生一节课,受到学生的好评,第二年高考成绩揭晓后,我的历史科平均分真的居全县第一,学校也有两科在全县第二,这样教师也信任我了,大家的教学积极性也随之高涨起来。这一年全校高考上二本线 28 人(其中文科16 人),比上年提高了百分之四十,从这一年开始,我在流曲中学毕业班历史

58

课讲台上连续站了九年,且每年都是全县第一,那时县局领导来校检查学校工作时,我常在教室上课,他们都是等我上完课后再听工作汇报。

和流曲中学现任校长姚伟民留影

　　二、从实际出发,探索适合本校办学特色。流曲中学是一所农村普通高中,尽辖三个半乡镇五所初中,学区尖子生去重点中学,二类学生去好的普通中学,流曲中学的生源为有限辖区的三类学生,他们基础差、底子薄,流中北有美原、曹村两所高中,西有立诚中学,东有刘集中学,南有县城迤山重点高中,且交通方便,如果教学质量不高,升学率上不去,学生就会四散而去,面对这一实际情况,我深深认识到"质量是学校的生命线"。那么怎样提高质量? 我同流中领导班子分析,寻找突破口,探索出一条适合自己学校的办学特色,制订"扬文提理"的办学思路,针对学生的基础,我们采取进度慢一点、讲解细一点、训练多一点的办法从高一开始夯实基础,针对学生理、化科难以突破的实际,我们加强文科教学,因文科政、史、地侧重记忆,因此我们鼓励学生学文科,并给文科毕业班各科配备了年富力强、富有创新精神的教师,努力打造学校文科特色,对于理科,我们也毫不放松,坚持不断提高。加之我校八九级文科上线率高,这样也逐步引来了外学区的文科生源。随着生源的逐年扩充和提高,加上我们的有效教学和管理,高考升学率逐年攀升,特别是文科由占全县上线人数不足六分之一提高到占全县上线人数的二分之一,特别是一九九一、一九九二年有三名文科学生考入北大,九一级赵朝阳同学名列全渭南市第一,县文科状元,录入北大考古专业,同年王欧阳同学也被录入北大历史系,来明善同学列全县文科第三,九二级宋晓红同学录入北大社会学专业;这几年,还有五名同学考入中国人民大学,上海复旦大学,学校文科六科人均成绩每年高考都在县一、二名,学校声誉大大提高,各校的文科学生也都纷纷来我校复习就读,到一九九五年,我校上线人数达 108 名,其中文科达 58 名,学校连年获高考突出贡献奖。学校多年代文科班的班主任刘润年同志被提升为学校教导主任,我也被评为县级优秀校长。

宋晓红
流曲中学九二级一班学生,考入北京大学社会学专业。流曲东川人。

赵朝阳
流曲中学九一级一班学生,考入北京大学历史系。到贤东仁人。

王欧阳
流曲中学九一级学生,考入北京大学考古专业。曹村太白人。

流曲中学三名考入北大的学生

三、加强教师队伍建设,满足学校发展需求。随着学校教育规模的逐步扩大,由于农村中学师资相对短缺,特别是优秀教师数量少,个别科目教师数目不够等问题,给学校的管理工作带来了一定的困难。因此,我从任校长第一年起,采取各种有效措施,大力提高教师队伍的整体素质,不断提高政治素质和业务水平,造就了一批有社会影响的专家型、骨干型教师,努力建设一支数量多、结构优、素质精、勇于创新、适应学校教育发展的教师队伍。首先,加强教师职业道德建设,把教师职业道德教育放在教师管理工作的首位,认真贯彻落实《公民道德实施细则》和《中小学教师职业道德规范》等,把教师职业道德建设纳入学校工作的议事日程。把制度建设与思想教育结合起来,把发扬传统与榜样示范结合起来,把理论学习与教育活动结合起来。积极开展尊师重教讲评活动和学生最喜爱的教师的评选活动,树立了化学教师张典英、物理教师田号学,青年教师姚平安等优秀榜样,大大激发了广大教师的工作热情。其次,不断更新教师的知识结构,扩大优师群体。要培养一流的学生,必须要有一流的教师来支撑,要提高教育质量,关键要有优师群体,在教师队伍建设上我坚持采取重在培养、兼顾引进、立足青年、着重优师、关注名师的策略,做到"锦上添花";师德与专业并重,物质与精神并举;做到"有本事,靠得住,用得上。"学校坚持在职为主,校本为主,自学为主,短期为主的原则,充分利用校内观摩课、示范课、研究课等活动和教研活动,经常利用走出去,请进来,广泛开展优质课资源,给教师及时充电,采取措施引导和鼓励教师自主发展,利用"名校造就名师,名师支撑学校"这一名牌战略,努力打造优秀教师群体,增强学校可持续发展的强劲后力。再次,改进课堂教学方法。课堂教学是提高教育质量的主阵地,也是实现教学艺术创新的主渠道。我要求教师从实际出发,从全面提高学生素质的高度去进一步探索,创新奉献,在理论上要敢于在前人的基础上求新、求异、向前发展。要求教师采取新颖独特的教学方法,诱发学生积极的学习兴趣和创新灵感,减轻学生的负担,提高学习效率,真正使学生成为课堂的主人。要求教师不断研究教学方法,做到因地、因时、因事而异,使教师成为课堂教学的艺术家,把自己的创新教学艺术变成强大的教育磁场,以达到提高课堂教学效率的目的。

流曲中学欢送王校长

四、加强学生管理,营造良好的校风。学校的一切管理最终是为促进学生全面发展,培养学生成才服务的。因此我始终把学生管理作为学校管理的重中之重。首先,高度重视德育制度建设,"六育"并重,协调发展,加强学生世界观、人生观、价值观教育。在各项教育教学工作中,逐步渗透德育的相关内容,在课外校外活动中,加强学生的实践活动。其次,狠抓日常行为规范教育,重点进行法治教育、安全教育、校规校纪教育和日常行为规范教育,促进学生人格修养和良好思想品德的养成。积极形成学校、家庭和社会三位一体的德育网络,不断提高学生的人生品位。最后,狠抓考风,以严格的考风促进学风、教风,营造良好的校风。

五、强化环境管理,营造良好的育人氛围。良好的环境对于陶冶情操、行为养成具有重要作用。

首先加强校园文化建设。学校校园的规划建设,绿化、美化等方面,体现文化内涵和文化品位,体现出人本精神和教育熏陶功能。同时通过黑板报、墙报、广播和教室内外的布置以及定期的卫生清扫、环境美化,努力营造有利学生身心健康和全面发展的环境,有利于激发学生的学习兴趣,培养学生的创新精神和实践能力,有利于推进教育教学改革的环境和氛围,使校园文化建设成为学校优良校风和学风建设的重要内容。

其次,加强后勤服务管理,使后勤保障工作服务于教学工作,一切为了师生,一切为了学校的发展。

再次,加强校园周边环境建设,积极争取住地党政机关、企事业单位、社会团体和人民群众对学校的支持。充分利用家长会等形式向家长宣传学校的全面工作。争取家长、社会对学校工作的支持和配合,使学校成为当地两个文明建设的重要阵地。

我在流中任校长九年期间,学校得到长足发展,曾一度跃入全县普通高中前列,文科居全市之首,我也成为高中校长里面唯一的渭南市人大代表。这九年,使我深深体会到一位适应现代教育发展的校长必须具备与时俱进的先进办学理念,充满人文关怀的科学管理方法,同时,因地、因人制宜,不断探寻并发展自己学校的办学特色,从而锻造出有别于其他学校的富有个性风格的教育品牌。只有这样,学校才会在社会激烈的竞争中百年常青,立于不败之地。

　　我在流中九年工作时期,富平六所公办高中的规模依次是:迤山、美原、刘集、立诚,曹村与流曲规模相同,这一时期高中招生虽是划片招生,但因不少成绩好的学生流入迤山中学,和普通高中规模比较大的学校,各校都办文理补习班,每年暑假,六校展开生源大战,面对这样的激烈竞争,我在流中九年,倾尽全部精力,几乎没休过寒暑假,九年间假期我在家休息一共不足三月,每年夏收,由于中、高考在即,从未帮家里收过一次麦子。家里的家务、农活、照顾老人孩子的重担全部落到了妻子身上,一九九〇年儿子考上师范,我都没有时间去送,是妻子独自骑自行车去送的,儿子、女儿上学我也没去过学校一次,家中的责任田每年收种全靠妻子一人,妻子成为村上唯一扬麦的女性,记得有一年,妻子在场里晒了36袋麦,因突发大雨,一个人收拾来不及,虽村邻帮忙,但最终一半还泡入水中,妻子被大雨淋了后,高烧几天,也没让人给我捎话,我后来回去时,看到妻子憔悴的面容,心里特别难受。我在流中工作九年,妻子没来校一次,有一年我因工作连续三个月没有回家,村上人知道后,传出我可能和妻子闹离婚的谣言。妻子一笑了之,并未多想。还好"农转非"后妻子和女儿户口转出,后来妻子被招工,一九九三年调入教育系统,在流曲初中图书馆工作,女儿也随她上了初中。妻子工作后,家中还有年过七旬的两位老人,她每星期天回家看望和照顾老人,替我尽孝。正是妻子的谅解和支持我才能倾尽全力将学校工作搞好。

迤山中学

一九九六年十二月,组织调我到迤山中学担任校长,第二年九月,又兼任迤山中学党支部书记,当时的迤山中学是县上唯一的县级重点高中,虽说是重点,但其并不是按名次来录取学生,仍划片录取城关片七个乡镇的学生。迤山中学建校已五十多年,校舍陈旧不说,规模也不是很大,上任后,我深知迤山中学对全县高中教育起着举足轻重的作用。虽面临重重困难,但我从未气馁,因为我坚信,有县委、县政府的正确领导,有全县人民的支持,有迤中一批吃苦能干、素质精良的教师队伍,加之自己在流曲中学曾任九年校长的实践,一定能够将迤山中学办成省级重点高中,向人民交一份满意的答卷。

到迤山后,我用两个多月的时间,同教师交朋友,深入到教研组、教师办公室、教师宿舍,同教师拉家常、议发展,几乎走访了所有的教职工,在调查、分析研究的基础上,我确立了尊重老年、依靠中年、大胆使用和锻炼青年教师的用人思路,在办学理念上关注人文环境、人文精神教育功能和办学特色。在管理理念上以人为本,关注每个学生的充分发展和终身发展,对待管理对象上注重尊重人格、尊重创造、张扬个性、学会赏识,平等对话;在管理机制和策略上趋向民主管理、民主决策、校务公开、人格魅力影响人、服务育人、环境育人、感情留人、重视交流与反馈;在教学理念上立足课堂教学,注重课程开发和实践创新,建立新型的师生关系,大胆应用现代教育技术手

与现任迤山中学校长徐晓峰

在迤中留念

段,增大课堂信息量,提高课堂教学效果,重视部室的功能和利用,加强实践操作技能训练;在评价理念上,主张评价要素齐全、科学,他评与自评相结合,主张人性化评价,重在激励和人的价值体现。

从细小的事做起,于细微处见真情,到校后我看到学校两百多名教师没有教工食堂,需要在校吃饭的达一百五十多人。说实话,初到学校,我也是从家里背馍带咸菜长达两个月,学校距县城中心较远,许多青年教师带着小孩,周边又没有幼儿园,去县城既不方便,又影响工作,学校没有教工活动室,周末在校教师多,都怨学校工作太单调,教职工想洗澡没澡堂,这些我看在眼里,急在心上,一九九七春一开学,我向教师郑重承诺:一个月内为教师办好四件事:教工食堂、校内幼儿园、教工活动室、教工洗澡堂。说动就动,四月一日前全部办成并开始运行,当我在全干会上宣布正式投入使用时,大家热烈鼓掌。我看到同志们的高兴劲儿,自己也很激动!记得我到迤山主持开的第一次全干会,不少同志迟到,但我没点名。会议开了十分钟,事情安排完后,我宣布散会,那次会后每周召开的全干会,同志们都提前10分钟到会,从未无故缺席。从我到校第一天起,我就坚持每天早上一起床,端上一杯茶水,站在校门口迎接师生新的一天。在我的带动下,班子其他成员也都随我一起迎接师生,这一好的作风一直坚持到我调离迤中,后来班子个别同志调外校当校长,把这个作风还带到了他学校。通过这些小事,凝聚了人心,提高了士气,极大地调动了广大教师教书育人的积极性。

内强素质,外树形象

1997 年,我提出了"内强素质,外树形象"的强校方略,从管理入手,制订了一系列的管理制度,《领导班子学习例会和议事制度》《教职工日常工作的若干管理规定》《常规教学管理制度》《财务管理制度》《学生日常行为规范》等。为了使学校管理走上一个科学、规范的轨道,从以往行政命令、家长式作风的人治,逐渐走向以法治校、崇尚公正民主的法治;从以往的重结果到现在的重过程管理;变单一的要求教师为激励教师。学校奖金大幅度向一线教师倾斜,明确提出:劳酬挂钩,能高能低的分配原则。学校建立"三个为主"的教师管理体制。即在内容上以增强激励机制为主,在目标上以培养教学精神为主;在战略上以培养青年骨干教师为主,同时大力实施"名师工程";一是加强对青年教师的培养,促使师资"青黄相继",使青年教师一年入门,三年过关,六年成熟,大力培养模范班主任和学科带头人;二是选拔引进优秀教师;三是加强师资队伍培训、提高。学校教师老中青相互配合、敬业爱校、讲质量、讲奉献蔚然成风,一支素质精良、业务扎实、稳定的、富有朝气的教师队伍逐步形成。

1997 年元旦,学校在县剧院举行迤中首届校园艺术节开幕式,师生们的精彩表演展示了迤中师生的精神风貌。

从 1997 年开始,学校坚持每年举办一次教学开放日活动,先后有蒲城县尧山中学、华县咸林中学、三原县南郊中学、铜川一中等二十多个学校来我校参观交流。1998 年 3 月,台湾光复中学校长程晓锋一行来我校进行友好交流,参观并结为姊妹学校。8 月渭南市知识分子工作现场会与会代表参观了迤山中学教学成果展,学校党支部被中共渭南市委评为"先进基层党组织",王维旭老师被评为省级劳动模范。

迤山中学高九九级五班毕业留念

1999 年 3 月,省教委副主任贺桂梅来迤中视察工作时指出:全省准备办 30 所省级重点中学,迤山中学要努力争取进入。迤中以此为目标,开始了跨越式的发展,这年 10 月,迤山中学经遴选参加了陕西省名校论坛,我和政教主任程同洲代表学校参加会议,并在大会上作了《内强素质,外树形象,争创省级名校》的发言。

2000 年 10 月,中央电视台架金桥西北找水特别节目,"井深情浓"选迤中为点向全国现场直播,充分展示了迤中学生的良好素质,也展示了迤中的良好形象。

在迤山中学接受中央电视台记者采访

"保理强文"增效益

迤山中学,由于城区学生多,学生普通理化基础较好,因此,很长一个时期学校存在重理轻文的思想,这样使一些理化基础不好、但喜爱文科的学生潜力没能发挥,高考每年上线理科占到全县 40%,但文科还占不到全县的 30%,总人数一直徘徊不前,针对这一情况,九七年我提出"保理强文"的复课战略,及时充实调整了文科代课教师和班主任,在高考复习阶段,定期举行高考推进会,政教处推出激励工程,下班领导、代课教师下班给学生鼓励。该年高考上省线 265 人,保住了理科优势,文科跃居全县榜首,王新珂同学考入清华大学,学科竞赛优异,化学竞赛成绩突出,学校被市教委授予市级"优胜学校"。一九九八年春我提出"一年一大步,三年上台阶"的奋斗目标,在全体师生的努力下,一九九八年高考上省线 297 人,文、理、外三科高考第一名均在迤山中学。这一年文科上线率已占到全县的 40%。学校会考成绩和全国数、理、化竞赛成绩均获渭南市第一名,渭南市教委授予"全国数、理、化竞赛团体第一名"嘉奖。

一九九九年上省线 418 人,700 分以上 18 人,王国荣(文)祁欢(理)任红艳(艺)高考成绩居县第一名。这一年,理科优势继续保持,文科上线人数首占全县上线人数的 50%,第十五届全国数、理、化竞赛有 13 人获省市奖励,有 8 名教师获国家和省市优秀辅导教师称号。高中会考成绩居全市 12 所重点中学之首。3 月,国家教育部、体委授予迤山中学"国家体育锻炼标准实行办法"先进单位称号。这一年我也当选为陕西省第九次党代会代表。2000 年,渭南市委副书记王杰山在第 16 个教师节到迤山中学慰问老师,听了学校的工作汇报后说:"你们以划片招生的普通生源取得了重点中学(重点生源)的成绩,这个经验值得推广。"这一年高考上省线人数 561 人,上线率为 51.84%,高分段人数占全县 60%,文科上线人数已占到全县的 70%,王晓懿以 868 分的优异成绩跻身全省理科第 10 名,田丽、王晓懿、周石头、张正海分别夺得县文、理、体、艺类第一名,实现了三年三大步的目标。

与迤山中学学生合影留念

素质育人，科研兴教

1999 年三月开学初，学校提出了"素质育人，科研兴教、创办特色、质量立校"的办学思想，从素质教育入手，认真抓好教育教学，学校决定，每年举办一次校园文化艺术节；每学期举办一次田径运动会；学年举行一次理、化、生实验操作竞赛和外语口语竞赛；坚持每年一次教育教学年会，鼓励广大教师积极开展教学研究，编写校本教学用书，撰写教研论文。参加学校教学年会，年会分文、理两组进行论文交流，由大会评委会评出一、二、三等奖。对获奖论文推荐到国家省市参评并获国家奖的一篇奖励 300 元，省级奖励 200 元，市级奖励 150元。到 2000 年，学校在报纸杂志发表的文章、各级教研部门获奖论文迅速增加，广大教师在完成繁重的教学任务的同时，人人积极撰写论文，使自己的业务水平不断提高，极大地推动了教学工作。

学校历来重视教研组工作。每学期的工作计划和总结中，教研组工作都是一项重要内容。多年来，学校对教研组、备课组工作常抓不懈，管理工作逐渐走向规范化、科学化的轨道，学期初各组讨论制订本组计划，教务处组织召开各组长会，交流各组计划，以便互相学习，取长补短，丰富教研活动内容，学期中检查教研活动的开展情况，以便督促大家做好工作。学期末各组总结交流，学校规定教研组、备课组活动时间，并将各组主要活动，如观摩课、示范课，在每周工作安排上公布，每节观摩课、示范课课前广播通知，以便更广泛地进行学习交流、推广。学校对各组的活动，由领导包组、下组参加整个过程,进行指导、督促。并详细检查、记录、归档,期末总结评比。这些措施,使教研活动得到了重视和保证,各组的活动也开展得更加认真、扎实、有效。语文组、数学组被评为"渭南市先进教研组",英语组被评为"陕西省先进基础教研组"。

1997年至2001年,学校实施了旨在提高教师整体素质的"名师工程",即要求全体教师必须实现"三个转型":在教育思想上由"应试型"转向"育人型",知识能力结构上由"单一型"转向"综合型",工作方式上由"经验型"转向"科研型";树立"四个意识",即质量意识、集体意识、忧患意识、教改意识;发扬"五种精神",即终身从教的献身精神,认真执教的敬业精神,爱生如子的园丁精神,不甘人后的拼搏精神,不计得失的牺牲精神。明确提出"要做教育家,不做教书匠"。鼓励教师积极进修,这一时期任课教师本科以上学历已有197人,占90%,其中安君玲、杨立新、马平安、井锦辉等八名已取得硕士学位。鱼东来、苏阿组、王维旭、徐小锋四位老师被评为陕西省特级教师,程经民、张新宽老师被评为全国优秀教师,获人事部、教育部颁发的"人民教师"金质奖章。2001年5月,富平县委、县政府隆重表彰迤山中学为"跨世纪立功竞赛先进集体"。

改善办学条件　争创省级标化

迤山中学校建于二十世纪四五十年代,为了适应日益激烈的教育竞争,改善办学条件,实现把学校做大、做强,跨入省级标准化高中的目标,迤中人审时

72

度势,从 1996 年开始进行大规模的硬件建设:1996 年至 1998 年两年时间建成学校一号教学楼,1998 年 9 月三个年级全部搬上教学大楼上课,学校大门也由西边迁到教学大楼正南方,校门内外地面,教学楼前广场全部硬化,1999 年体育楼竣工使用,该年四月,教工家属 2 号楼竣工使用,2000 年至 2001 年图书楼、实验楼相继建成使用,又按照省级标准化要求,充实了内部设施,建成了在全国处于领先地位的数字综合校园网。到 2002 年率先创成市级标准化高中,后又经两年努力,于 2004 年通过省专家组验收,成为省级标准化高中、学生数也由 3000 名发展到近 5000 名。这一时期,县级财政困难,高中校建很难拿出钱来投资,我们一方面争取国家专项资金,另一方面,主要采取工队垫资,教师集资和社会捐资来解决。用后勤社会化的思路,解决了学生公寓、食堂建设。如今,学校原有的老建筑,除老图书馆外(后改为校史室)全部焕然一新,一座崭新的迤山中学成为富平县城一道亮丽的风景。

加强班子建设,培养年轻干部

我在迤中五年多,始终抓班子建设不放松,"火车跑得快,全靠车头带",学校领导班子坚持每周学习和例会制度,要求领导班子成员在深入一线管理的同时,率先把自身建设放在首位,要求教师做到的,领导首先做到,处处严于律己,以身作则。学校九名领导,有七名都在教学一线,且教学、管理,一样都不能滞后。无形中对全体教师形成一种感召,人人自加压力,不甘落后。2000 年县审计局来我校审计,经查一年的招待费还不到一万元,他们根本不信，后经反复调查、核对，确属事实。

五年间学校把培养青年干部作为班子建设重要一环。先后推荐由县局任命程经民、许德荣、程同洲三人为副校级领导，先后提拔任命杨培科、徐小锋、荆大明、惠社教、安君玲、杨立新、王耀伟等年轻干部担任教导、政教、后勤处主任、副主任职务，后来惠社教同志任教育局副局长，杨培科同志到县局任普教股股长、程同洲同志任县实验中学校长，王耀伟同志任流曲中学总务主任，他们把迤山中学好的作风都带进了自己的新岗位。现在徐小锋同志已任迤山中学校长，安君玲、杨立新任迤山中学副校长，通过这一批年轻干部的成长，使我看到了迤中美好的明天，以及富平教育的发展。

我在迤中任校长五年多，随着改革开放的不断深入，教育形势发展喜人又逼人，在这五年间因学校工作头绪多，自己性子急，多次病倒，每次病后吊针一挂，继续回到工作岗位，一九九八年春因学校旧房拆迁，教学新楼赶工期，繁重的工作终于将我的身体整垮，我患了胆源型腺线炎，住了医院，在县院难以治疗后又上转到西安医学院附属医院做手术，在医院十多天，学校领导、教师来看我，我总是对他们说："你们把学校管好，把工作搞好，就是对我最大的看望和安慰，给大家捎话不要再来看我。"十多天后，我又捂着刚好的伤口，回到了学校同我的同志们一起战斗，终于在这一年九月开学时教学楼按期投入使用。

如果说流曲九年校长是我实践、锻炼的过程，那么迤中五年多校长是我提高和升华的经历，这五年我坚持学习不放松，一九九九年我撰写的"探索校长治校方略，提高教育教学质量"的论文在《中国教育报》发表，一九九八年我撰写的"规范学校管理，提高教育质量，力争迤山中学早日跨入全国重

74

点高中行列"一文编入《中国当代改革者》一书。一九九八年我又当选为县委候补委员,省第九次党代会代表,2000年,又连选为渭南市第二届人大代表。

市人大代表

我写的《规范学校管理　提高教育质量　为争迤山中学早日跨入全国重点高中行列》入选一九九八年《中国当代改革者》(第三部)第四集、现抄录如下:

规范学校管理　提高教育质量

力争迤山中学早日跨入全国重点高中行列

"管理出效益",这是现代社会发展的基本规律。一年多来,我校将规范化管理作为深化学校改革的重点,取得了显著成效。

规范行政管理,加强领导班子建设。

首先,把领导班子建设作为规范管理工作的重中之重。我们深知:只有一个过硬的领导班子,才能带出一支好的队伍,因此,校领导始终坚持处理好五个关系:正职与副职的关系;民主与集中的关系;团结与坚持原则的关系;整体与局部的关系。增强了领导班子凝聚力和战斗力,健全了集体领导和个人分工负责相结合的制度。1997年我校新班子上任后,经过广泛调查,结合学校实际,提出为教师办四件实事(幼儿园、教工食堂、学校浴池、教工活动室)集体决定后,分工负责,实行项目责任制,四件事均按期完成。

强化制度管理,健全权力制衡机制

要提高学校管理水平,必须建立和健全各种规章制度,一年多来,我们坚持用制度管人、管事、规范人员行为,健全权力制衡机制,使工作步入程序化、制度化、规范化的轨道,1997年春季一开学,在抓职工政治学习和作风纪律建设的同时,学校先后制定和颁布了一系列规章制度,如:《迤中教职工岗位职责》《教职工日常工作若干管理规定》《学校财务管理规定》《常规教学管理制度》《班主任工作制度》《教学成果奖励制度》等。这些制度健全之后,全校教职工自觉遵守。他们超负荷地工作,有事不误课,假日不休息,形成了良好的教风和校风。

加大改革力度,探索新的管理机制

为了适应时代的要求,我们在学校管理过程中,不断学习新的管理知识,不断探索新的管理机制,主要探索和实践纵横交错的开放性管理机制。形成与加强学校内部上下之间相互联系、影响与作用的本位开放;形成与加强同外校外单位相互联系、影响与作用的横向开放;主动、积极努力形成上级部门对学校工作有更多指导和支持的纵向开放。1997年,我校坚持解放思想、深化改革、规范管理,使各项工作取得了丰硕成果,可以说这一年是我校历史上发展最快的一年。在县委、县政府和教育局的大力持下,投资350万建成全省农村高中一流的教学楼;集资80多万元建起了第一座教工单元住宿楼;投资5万元建起了现代化教学管理系统,有微机、激光打印机、光电阅读机;投资6万元新建了第二语音室,给轻印部添置了速印机,给图书馆图配置书5000余册,购置4万余元理化实验器材和体育器材,一个月时间内为教师办了四件实事,解决了一线教师吃饭、娱乐、洗澡、孩子入托管问题。

1997年的高考各类上线人数501名,占考生的48.7%,其中上省线人数265名,创历史新纪录,比1996年增长50%,其中应届上省线人数首次突破百名大关,罗务习同学以812分的成绩夺得县理科冠军,被清华大学录取。我校广大教师在平凡的岗位上做出不平凡的业绩,王乃祥被推选为县市人大代表,王维耀同志荣获省劳动模范,许德荣、惠渊泓同志获中国物理学会物理竞赛表彰奖,闫锡铭同志获"全国体育锻炼,标准先进工作者证书"和金质奖章,还有许多教师受到市、县表彰。

成绩只能说明过去。1998年,我们决心以十五大精神为指导,继续坚持解放思想,深化改革,强化管理,力争在世纪之交使迤山中学跨进全国千所重点高中行列。

校长岗位的点滴体会

我在高中校长岗位上工作了近15个年头(1988－2001),在这个岗位上，我的体会很多，在这里我只想就一些点滴体会与各位校长、交流：

校长的素质是办好学校的关键。一个合格的校长应具备以下五个基本素质：一、热爱教育事业，有强烈的事业心。学校教育管理有其自身的特点：周期长，见效慢；工作头绪繁杂，任务艰巨；财力物力有限，困难较多。这些特点决定了校长必须忠诚于人民的教育事业，具有较强的责任心和事业心，无私无畏的胆识和献身精神。二、师德高尚，作风正派。学校是教书育人的地方，学校的一切情境都直接或间接地对学生的成长起着影响作用，教师要教书育人，校长更应在政治思想、道德品质上为人师表，崇高的师德既是学校实现培养目标的需要，更是校长起码的素质修养。学校教育是一种精神生产劳动，劳动特点决定了劳动成果的获取在于劳动者心情舒畅，精力集中和主动性的极大发挥，这种主动性来源于劳动受到尊重，人际关系感到亲

首届中小学校长论坛

切、政治上感到安全，生活上感到舒适，有主人翁的责任感，这些都必然要求校长具有良好的思想和作风。三、必须具有较广博的文化科学知识，懂得教育规律。学校的基本工作是教育、教学工作。学校管理的重点是加强教育、教学过程的管理。一个没有广博文化知识的校长是难以胜任学校管理工作的。对学校的领导，首先是教育思想的领导，这又要求校长必须懂得心理学、教育学和学校管理的基本知识，掌握学校教育的规律以指导教育、教学实践。四、能正确贯彻党的

教育方针、政策、懂得学校管理科学,有组织领导和统揽全局的能力。学校工作纷繁复杂,管理内容千头万绪,管理对象主要是在一线教学的知识分子。面对这个多头、微妙运动着的有机整体,要能从错综复杂的现象中抓住本质,要能把握教师的脉搏,调动其积极性,能高瞻远瞩统筹全局,调度各方、各得其所,以实现管理的要求,达到为祖国建设培养合格人才的目的。一个校长没有相当的理论水平,没有知人善任、善于组织管理的能力是办不好学校的。五、有能坚持工作的体力。年轻化是配备干部的“四化”要求之一,作为学校领导班子,应该是老、中、青三结合,新提拔的校长应是年富力强的。即使是老校长,也应该是身体健康,能坚持每天工作十多个小时,这种身体素质是学校繁重的领导工作的需要。以上五方面的素质是当校长的起码要求,要做一名好校长,成为一名出色的好校长,还必须在这个基础上向更高一个层次的基本条件发展。

　　一般来说,一个出色的好校长还应具备以下四个方面的基础素质:一、要有战略思想和改革独创精神。能与时俱进,对学校的近景、远景能设计出符合“三个面向”和切实可行令人鼓舞的蓝图,善于超脱繁杂的事务,而抓住在学校整体工作中带全局性的问题、全力给予解决,有创造性的决策能力,能适应改革需要,开创学校工作的新局面,办出学校的特色。二、有令人信服的教育思想和品德修养。既能以理服人,又能以行感人。有独自的教育思想体系、办学思想,行为上基本上摆脱了盲目性,而处于自觉的境界。同时,又不故步自封,对时代的发展具有较强的敏感性。三、能科学地管理学校,具有较高的管理艺术。一个好校长不仅要通晓管理理论,而且能掌握管理艺术。善于变消极因素为积极因素,善于处理领导班子中的关系,在业务领导上,胸有成竹,指挥若定,善于处理德、智、体、美、劳的关系,善于处理一般工作与重点工作的关系,善于协调部门之间以及上下级关系,在权力使用上,善于用权并善于授权、放权,能充分实行民主集中制。所有这一切,归根到底,在于用人,用人所长,容人所短,具有极大的气量。四、有效高的威望和魄力。威望是一个好校长的必备条件,也是校长管理学校实践的结果和标志。校长的威望是在学校管理过程中逐渐形成的,是校长的各种优良品质外化持续影响的客观反映。形成校长威望的一个重要因素是魄力,这是一种决策正确、果断、敢于顶住各种歪风的干扰和压力的心理品质,它产生于对学校情况的透彻了解及科学的思维和丰富的经验。

"校长是一个学校的灵魂。"校长的行为直接影响着学校的运行,影响着整个学校的校风、教风和学风。因此,校长必须以身作则,率先垂范,做教师的楷模,当好学校领头人。具体讲,就是要成为:

一、教育的奉献人。要具有敬业精神,敬业精神是创造的动力,成功的基石,只有有了这种精神,才能尽职尽责,创造业绩。要有乐业精神。作为一校之长,必须热爱本职,以苦为乐,在平凡的工作岗位上,兢兢业业,抛洒心血,呕心沥血抓教育,一腔热血育新苗。要有创业精神。要使学校朝着正确的政治方向迈进并充满活力,校长必须具有开创新局面的勇气和魄力,要勇于进取,锐意创新,乐于改革,才会闯出新天地,赢得新发展。要有奉献精神。校长应视名利淡如水,看事业重如山,要对教育事业无限忠诚,对教育目标执著追求,以教育的高质量、学生的高素质、办学的高效益为目标,一丝不苟地拼搏进取,赤诚奉献。

二、教研的带头人。学校的中心工作是教学,教学质量是学校的生命线,校长的工作要服务于教学,那么就必须抓住教研这根线不放。首先要强化教研感识、培养研究教育问题的兴趣和能力;其次提高教研能力。要勤于在中外教育现象中挖掘,以探讨真谛,把握规律,从而不断提高教研能力;再次要创造教研氛围,用激励手段激发广大教师学习教育理论,分析教育现状,研究教育走向,把握教育规律,精益求精,得出成果。

三、教改的探路人。只有通过改革,教学才能上一个新台阶,校长必须既会领,又会导,既懂教,又敢改,才能不断开创学校工作新局面。要确立教改目标;要建立教改机制;要抓住教改重点;要把握教改关键,在课堂教学改革上抓突破。只有这样学校的教学改革才会卓有成效。

四、教师的贴心人。在学校工作中教师是最主要的力量,教育质量的提高主要靠教师的努力。因此,校长首先要尊重教师。关键是民主管理、广开言路、引导教师参与学校管理,增强他们的主人翁责任感,其次要善用教师。尽可能地使每个教师各得其所,发挥特长,再次,要关心教师。排其忧,解其难,帮其困,做其需。最后,要激励教师,尽可能地创造条件,使优秀教师创造成就。赢得荣誉,激发和调动广大教师的积极性。此外,还要爱护教师。敢于指出缺点和不足,帮助教师健康成长。总之,要做到政治上关怀、生活上关心、思想上沟通、情感上理解,创造和谐相融、积极向上的氛围。

原迤中副校长程经民老师在编写迤中校史时,还专门将我在迤中任校长时的一段经历写了一篇文章《闪光的一页》,特抄转如下:

闪光的一页

1996年底到2002年年初,王忙寿入主迤山中学,任迤山中学第十任校长,迤山中学的历史揭开了新的一页。在这新的历史阶段,在这短短的五年中,迤山中学的荣誉、奖励接踵而来。声名鹊起、誉满三秦,渭南市高中出席陕西省"名校论坛"有两所中学,迤山中学便是其中之一。在2001年富平县委、县政府举行的"跨世纪立功竞赛活动"中被命名为"立功先进单位"。如此之大的渭南市,高中四五十所;如此之大的富平县,组织单位成百上千,迤山中学何以能成为闻名遐迩的名校,何以能被社会公认,被县委县政府嘉奖而成为"跨世纪立功竞赛活动"受奖的四个单位之一? 这是因为在世纪交替之际,迤山中学在教育教学上取得了不平凡的成绩。

这五年中,迤山中学高考连跨五大步,从此前的每年高考二本上线的200名增加到2001年的428名,五年翻一番,五年总数近1500名。五年出县状元10名,罗务习、王新轲、王晓懿被清华大学录取。特别是王忙寿初任校长的当年就实现了高考理科稳居全县第一,文科跃居全县第一,文理状元均出自迤山中学。实现了王忙寿一开始就提出的"保理强文"的战略目标。使迤山中学成为文理俱强、全面发展的三秦名校,为迤山中学以后学科的均衡发展奠定了基础。以后连续五年高考,文理体艺均为全县之首。省招办认为迤山中学"教育质量稳定,考生水平稳定"。

这五年中,迤山中学的会考(当时会考为全省统一考试,统一阅卷)成绩优异,1999 年会考平均成绩居渭南市 12 所重点中学之首。

这五年中,迤山中学在全国数理化竞赛中成绩突出:有 77 名学生获省级竞赛奖。学校全国学科竞赛总成绩曾获渭南市第一名,获渭南市教委"全国数理化竞赛市团体第一名"的嘉奖。

迤山中学教学成绩在富平九所高中中稳居第一,在渭南市 12 所重点高中中居中。这样的成绩是非常优异的,这样的评价和迤山中学的具体情况分不开。迤山中学名为重点,实为普通中学,在富平县 9 所中学中,去掉厂矿子校、民办中学,和其他 5 所中学相比,生源相同,富平县在这五年中是划片招生,迤山中学招生的范围是城关片 7 个镇。在生源上迤山中学不能和全渭南市其他 11 所重点高中相比,其他 11 所是全县招生重点生源。迤山中学也不能和省内某些在全地(市)招生的中学相比,更不能和在全省范围内招生的西安 8 大名校相比。迤山中学是一所只有普通生源的普通中学,但它却在高考、会考、学科竞赛中取得了如此优异的成绩。渭南市副书记王杰山 2001 年第 16 个教师节来迤山中学慰问教师时说:"你们以划片招生的普通生源取得了重点中学(重点生源)的成绩,这个经验值得推广。"这个经验,原因究竟是什么?这固然和社会支持、上级领导、教师努力、学生刻苦等因素有关,但究其根底,从个人的作用看,王忙寿是非常重要的因素。"一个校长就是一所学校"。和王忙寿相处五年,感觉他个人有着非凡的魅力,他性格刚直,智慧聪颖,才华杰出,不怕艰苦,工作勤奋,毅力惊人,知识渊博,谈吐幽默。他是一个杰出的演说家。1996 年 11 月 17 日初到迤山,他发表就职演说时,不断被迤山中学教师少有的热烈的掌声所打断。他的讲话声如洪钟,铿锵有力;引经据典,深入浅出;条理清楚,富有逻辑;用词准确,简明扼要;感情充沛,感人肺腑。他的讲话一般都压缩在十分钟内。教师的工作是繁重的、辛苦的、除上课外,备课、看作业、辅导每天不下 10 个钟头。早上 6 点起床,晚上 11 点休息,有时晚 12 点还埋头书案。王忙寿是一个教师出身的聪明的内行校长,他珍惜教师的时间,不愿浪费他们一分钟。因此,他的简短、精彩的讲话非常受教师的欢迎,他的意图也能让教师准确地领会和执行,当然也和他演讲时掌握教师的利益和心理,切准工作的要害和重点,和他渊博的知识分不开。平时全干会、行政会、学生集会,毕业班激励会,都表现了他的演讲才华。以后在陕西名校论坛上,在任县教育局局长期间,他的演讲水平都得到了淋漓尽致的发挥。这里特别一提的是他的毕业班激励演说。每年临近高考,他不仅要求下班领导,代课教师做好激励工作,而且自己对全校二十多个毕业班挨班都要做一场激励演讲。他充满激情的精彩的演讲,使经过长期高强度复课、身心疲惫的学生心情激荡,热情洋溢,满怀信心,奋力拼搏,做好最后的冲刺。在高考复习的最后阶段,这无疑是一针强心剂,对考生非常有益。当然,每场演讲,都须掌握学情、教情、考情,了解学生,了解教师,熟悉考试动态。二十多场演讲,就须一个月时间,辛苦、劳累自不必说。

王忙寿的深入实际,勤奋工作,顽强拼搏的精神也是有目共睹的。1997年走马上任,他就提出要在短时间内办好"幼儿园、职工食堂、学校浴池、教工活动室"这些关系教师切身利益的事情,是他上任后马不停蹄地反复考察用房、用地、资金提出来的,一经提出,就得到教师的鼓掌、喝彩。他亲自部署、安排、筹集、资金,分工负责,如期完成,解除了迤山中学教师吃饭、洗澡、管孩子的后顾之忧,使他们安心工作,乐于奉献。在这五年中,王忙寿早上五点准时起床,起来后绕学校转一大圈,这一圈起码有四五里路,校墙、教室、宿舍、学生、教师、职工、电路、用水……都是他每天必看的。因此，校墙破了，房子漏了，电灯不明了，学生生活的问题，教师工作的困难他都能及时发现，然后及时安排，排除隐患，解决问题，保证了学校、学生的安全和教育教学工作的正常进行。这一圈走完，校门开了，他又站在校门口迎接学生们的到来。几千人的学校，他管理得井井有条，做得仔细、周到，起早摸黑是经常的事。每年高考放榜的当晚，他带领班子成员和毕业班班主任守候在办公室，做好放榜前的准备工作。毕竟这是学校的收获季节，谁能放心得下。况且高考是大事，一点失误都会带来难以挽回的损失。而成绩单发放到学校常在晚上十一二点，七八月的夏夜，暑热难耐，但他带领一班人在酷暑下的深夜把成绩统计、分类、发放工作在当晚天明前都准确无误地作好，天明时放榜公布，每年如此。记得有一年成绩单到学校已是晚上12点多，统计、分类、计算完成后，天已明了。一些青年人已疲惫不堪，眼皮抬不起来。他说："做一名好教师，做一名领导，熬夜是经常的事。不然，怎能为人师表呢？"确实，晚上工作到十一二点，对他来说是家常便饭。

1998年初夏，过度的劳累使他病倒了。在众人的劝说下，他住进县医院。在当晚，巨大的病痛使他难以入睡，后转到西安医科大学（现交大医学院）附属医院。但他每天还要打电话询问学校情况。领导班子的人去看他，他忍着疼痛问学校工作。手术后出了院，他不顾家人和同志的劝说，没有休息就来学校上班。大家无可奈何，只能努力工作以减轻他的压力。他的精神成为迤山中学发展的动力。

迤山中学历史这闪光的一页是王忙寿策划领导的结晶。他有一整套完善的治校方略。用他自己的话说："因为我们坚持了德育为首，质量立校的宗旨;建立了一套开放式的管理机制,建设了一支素质精良的教师队伍,得益于一个求实创新的领导班子,有一个良好的育人环境。"

王忙寿初来迤中便确立了迤山中学的办学宗旨:"素质育人,科研兴教,创办特色,质量立校。"按照这一宗旨,学校强化德育工作。要求每一位教职工都成为德育工作者,充分发挥学校、家庭和社会作用,形成了"三位一体"的德育工作网络。并结合时事政治形势特点和重大节日、纪念日,有重点地对学生进行国情教育和革命传统教育,并使之规范化。如学校开展的"我为迤中添光彩活动","文明行为标兵""优秀通讯员"评选活动;"激励工程"活动;"五四"运动纪念大会等,以活动为载体,对学生动之以情,晓之以理,导之以行,收到了良好的教育效果。

学校按照他提出的"提高必修,优化选修,加强活动,重视劳艺"的思路,大力进行课程结构改革。在开足开齐部颁教学计划中规定的课程的前提下,学校开设了选修课和活动课,并加强了对这部分课程的教学管理,做到了师资、教材、教室、课时"四落实"。在教学改革中,积极推行启发式教学和讨论教学,充分利用电化教学等现代化教学手段提高教学效果,培养学生的独立思考能力、创造思维能力,并通过多种渠道和方式培养学生的自觉能力,信息处理能力和社会活动能力、语言表达能力以及科学精神和团结协作精神。他的这种思想和做法的正确性,已为后来的课程改革所证实。

他重视学生健康,强调健康第一,切实加强体育工作。通过举办形式多样的集体体育活动,培养学生的竞争意识、协作精神和坚强毅力,从而形成良好的心理素质。重视卫生室建设,努力抓好健康教育,使学生的健康状况得到改善,身体素质得到较大提高。多年中,学校体育合格率始终保持在99%左右,为北京体育学院等高等体育专业院校输送新生一百多名,为空军院校输送学员二十多名;被国家体委、教委授予"体育成果二等奖";"招飞"工作先后5次受到陕西省军区表彰奖励;1999年又被国家教委、体委联合评为"体育达标先进单位"。与此同时,在他的重视下,学校坚持把劳技、美术、音乐课列入课程计划,开辟了音乐、美术教室,学工车间,学农园地,定期组织学生集体参加学工、学农劳动。学校还定期组织会演和歌咏比赛,举办画展,书法比赛等活动。1997年、1999年、2001年三次举办"迤山中学科技文化艺术节",受到社会普遍好评。五年中,为省级艺术学校输送新生五十余名。

王忙寿不愧为管理行家,他在迤山中学建立了一整套科学、规范、严格、健全的管理制度。他带领班子全面推进素质教育,向管理要质量,运用现代化管理理论,大胆改革内部管理体制,形成了迤山中学的管理特色。

他重视管理的计划性。为避免工作出现盲目性,增强自觉性,学校在宏观方面,每年、每期制订《学校工作计划》,各处室《工作计划》,微观方面有《毕业班复课计划》《阶段教学安排》,月安排,周安排。学期初,教师人人制订《教学工作计划》,并归入个人教学档案,从而保证了学校的总体教学工作和各项教学工作有条不紊地顺利进行。

他坚持用制度管理学校。"坚持用制度约束人"是他的管理准则,为此,学校制订了一系列规章制度,使学校的各项工作有章可循,有法可依。

责任管理是他管理中的又一特色。学校领导包处室、包年级、包班、包教研组、包学科,责任到人,分工明确,教学情况,学生情况,从领导到教师,责任目标明确。定期检查,定期总结。班主任负责本班责任目标的完成;代课教师负责学生学科成绩达标,每个教师都有责任项目,分项打分,记载存档,以此作为职称晋级、评优树模的依据。

与此同时，王忙寿还带领班子不断学习新的管理理论，探索总结出一套适用新时期新形势下学校管理工作的新机制。五年中，一个旨在形成与加强学校内部上下之间相互联系，相互影响和作用的本位联系，工作有更多指导和支持的纵向联系和纵横交错的开放性管理机制已经在迤山中学形成。

建立一支业务精良的教师队伍是王忙寿教育思想的重要组成部分。他认为："建设一支思想过硬、业务精良、作风严谨的教师队伍，是全面提高学校教育质量的有力保证。"为达此目的，在他的倡导下学校实施了旨在提高教师整体素质的"名师工程"，即要求全体教师必须实现"三个转型"：在教育思想上由"应试型"转向"育人型"，知识能力结构上由"单一型"转向"综合型"，工作方式上由"经验型"转向"科研型"；树立"四个意识"：质量意识、集体意识、忧患意识、教改意识；发扬"五种精神"：终身从教的献身精神，认真执教的敬业精神，爱生如子的园丁精神，不甘人后的拼搏精神，不计得失的牺牲精神。明确提出"要做教育家，不做教书匠"。鼓励教师积极开展教学研究，撰写教育论文，积极参加学校每年举办的教育教学年会，提高教学理论素养，用5—10年时间完成普通教师——教学能手——教育专家、学者的过渡。

围绕这一目标，学校开展了系列教研活动、"拜师"活动，"达标评优活动"和"练功活动"，举办教育教学年会，使一大批青年教师脱颖而出，"名师工程"成果丰硕。"全国优秀教师""特级教师""省级劳模"在迤山中学已不乏人，被国家部委，省级部委表彰的已有22人，"市管人才""县管人才"，市、县"教学能手"有23人。教师在省、市各级报刊发表教育教学论文180多篇。78%的教师学历达标，适应大循环，不仅保证了当时教育教学质量的稳步提高,而且为逸山中学往后教育质量的提高奠定了坚实的师资基础。

为保证教师安心工作,解除教育的后顾之忧,他关心教师生活。走马上任后,他就立刻着手办了四件实事(幼儿园,教工食堂、学校浴池,教工活动室)。接着完善第一栋教工家属楼,建第二栋教工家属楼,并为家属楼安装暖气,解决了日趋紧张的教师居住问题。他看到一部分老教师家属在国家照顾科技干部时已经"农转非",失去了土地,生活困难,就尽自己最大努力安排这些家属在学校做临时工,调动了老教师的积极性。教师的病床前、婚礼上,永远少不了他的身影。教师有困难,他会立即出面帮助解决。1997年,他还请逸山中学已退休的老教师三十多人到学校座谈,为学校的发展献计献策。他的关心、帮助极大地调动了教师的积极性,使他们以更大的热情、积极主动地投身教学工作。

王忙寿重视领导班子的建设,他要求领导发挥"一种作用"(职权在管理中的影响作用),提高"三种能力"(较强的教学能力、科研能力、管理能力),强化"三种意识"(责任意识、服务意识、整体意识),正确处理好"四个关系"(正职与副职的关系,民主与集中的关系,上级与下级的关系,整体与局部的关系)。

他要求领导廉洁自律,以公为重,为学校的发展尽心尽力,不谋取私利,他自己就是廉洁奉公的表率。记得一次学校绿化,负责人用5元一棵订购冬青树,他亲自跑出去,找寻关系,软磨硬缠,硬是用1.5元买下一棵,为学校省下上万元。2001年4月他调任富平县教育局局长,有人劝他把钱花光、分完。他毫不动心,坚决拒绝,他调走时,学校账面留下了270多万元,为学校盖起了一座图书楼,这在一些人想来是不可思议的。

王忙寿,这位毕业于西北大学历史系的中学高级历史教师,从教一生,对党的教育事业忠贞不渝。从教师、教务主任到校长,他拥有十余年的学校管理工作经历和经验,调任迤山中学后,积极探索和努力推进学校跨世纪"人才战略"。他提出"要把创新和实践能力作为未来人才标准"、"检验一所重点高级中学质量好坏的标准,关键看你给名牌院校输送了多少人才"等观点得到有识之士的赞同。在他的带领下,迤山中学全面贯彻党的教育方针,勇于改革,勤于探索,形成了"团结求实,勤奋进取"的校风,"严谨博学,育人创新"的教风,"立志好学,互相上进"的学风,教育教学质量成绩显著。五年中,获得了中、省、市、县的四十余项大奖,为以后进入省级一流名校奠定了基础。迤山中学历史上这闪光的一页,正是王忙寿执笔写下的。

（作者:程经民,全国优秀教师,原迤山中学副校长）

局长任上

二零零一年四月,我走上了从政的路,任县教育局局长兼党委书记并继续兼迤山中校长至 2002 年 1 月。

在我到教育局之前,县乡财政分灶吃饭,财政困难大,全县教师工资普遍拖欠,近半数乡镇拖欠都在五个月以上,个别乡在一年以上,有七个乡镇教师先后出现罢课现象,领导无法管,教师无心教,各类学校教育教学质量普遍下滑,全县还有一千三百多名乡聘教师,工资仅有 100～200 元左右,就这还不能及时拿到,新进教师一年多没拿到一分钱的工资。我到教育局召开的第一次全县、校长大会上,呼吁的第一件事,就是"恳请各专干立即与乡镇政府联系务必在收麦前给教师解决一个月工资,并将此事作为头等大事来抓。"大会上,当我讲到这里时,我都落下了泪,会后,我找县领导、跑乡镇,几乎见了所有乡镇的领导,六月一日县局统计时,除一个乡镇钱还没到位外,其余乡镇都先后给教师解决了一个月工资。这样我的心才放下。

到教育局后,我决定先到基层看看,用三个月左右的时间跑完所有的乡镇和80%的学校。走了几所学校,我发现问题确实不小。一是小学校舍大多建于上世纪七十年代,校舍破烂,危漏房到处可见;不少学校围墙千疮百孔,学生可爬着自由出入,有的学校教室窗门没有框,课桌凳不全,且缺胳膊少腿。二是办学经费极为短缺,民办教师工资常年兑现不了,有的单设初小穷得连买一盒粉笔的钱都没有,个别教师工资几年发不到手。三是全县中

教育局领导班子

小学实验室普通很差,小学均无实验室,初中几乎没有专用实验室,就连高中也很少开学生实验操作课。四是教师素质普遍较低,职业道德不高,不少教师不备课,学生作业不能及时批阅,教学常规管理落不到实处,甚至有部分乡、校教师长期离岗。五是中小学校长培训、教育、教学管理不规范,没有走上正轨,大部分小学没有学年工作计划,甚至一些初中连毕业班复课都无

计划,心中无数,老校长吃老本,靠经验办事,年轻的靠热情干事,不负责任的听天由命,哪里天黑哪里歇店。六是高、职中校舍不足且陈旧,初升高达不到30%,职业教育,职教中心尚未建起,不能投入使用,乡下三所职中有两所面临生源困境。

《聊斋》的作者蒲松龄科场失利后,决心开辟一条成才的蹊径。他写了一幅自勉的对联,很有气势:

> 有志者,事竟成,破釜沉舟,百二秦关终属楚
> 苦心人,天不负,卧薪尝胆,三千越甲可吞吴

这副对联我非常欣赏,把它写在我的日记本的首页,当做座右铭,决心为富平的教育事业破釜沉舟,卧薪尝胆。

我和教育局党政领导一班人,面对大县,经济穷县办教育的实际,深知肩上担子的沉重,在调查分析研究的基础上,决心在县委、县政府的正确领导下,带领全县十七万师生,集中力量抓大事,扭住"提高教育质量"这一中心不放松。五年间始终不渝地抓好提高各级各类学校的教育质量,集中力量抓了以下几件大事:

一、解决教师工资拖欠,稳定全县教育大局

2001年至2002年在县委、县政府的领导和支持下,经过多方协调,完成全县乡聘教师的清退工作,全县八千多名公办教师全部上编,至2003年元月教师工资实现县级财政按时定额,统一发放,这样稳定了全县教育大局,解除了教师后顾之忧。这两年,我成为财政局长办公室、县编办主任办公室的常客,他们说:"你一来就替教师哭穷,就替教师说话。"我笑着说:"我不替教师说话,我当这个教育局长干啥?"

二、扭住提高教育质量不放松

2001 年冬,县局在充分调研的基础上,本着"引导、规范、激励和改进"的目的,组织部署了为期三个月的全县中小学常规教学大检查。整个检查工作由局长亲自负责、分高中、初中、小学三个学段,按学校自查,乡片初查,县局检查三个阶段,采取听汇报,查阅资料,随机听课、问卷座谈、交流反馈等方法进行,内容涉及教学管理和常规教学等 7 个方面 31 条。全县 391 所学校和 8000 多名教师都接受了三个阶段检查。县上检查人员经过严格培训,组成了 3 个大组,39 个小组,深入学校,谈教学、话管理、查备课、看作业为期一周,共查看部室 452 个,查阅档案资料 4000 多份,听课 1714 节,查教案 17368 本,查作业约 45 万本,详查 15 万本,检查结束后,分层次召开反馈会,下发《通报》到各校。检查期间检查组的同志把好的作风带进了学校,把良好的形象留在了校园,使得这次检查的意义远远超过了检查工作本身。教学终端管理和过程管理并重的管理理念成为全县教育工作者和教师的广泛共识,学校、教师你追我赶学习理论、研究教学、强化管理狠抓质量竞争格局成为全县教育上的一个显著特点。用教师的话讲,此次检查真正发挥了检查的引导、规范、激励和改进功能,教学管理和教学工作都出现了新改观。在县局检查、调研的基础上以 2002 年 1 号文件和 2003 年 1 号文件的形式先后颁布了具有时代特征和本县特点的《富平县中小学教学常规管理基本要求》和《富平县中小学校管理基本要求》,并着力组织实施。《要求》的颁布,将使全县常规教学管理和学校管理走向规范化,制度化和科学化。狠抓高考复课,县局成立专门领导小组,加强对复课工作的管理和指导。在工作方面,县局坚持每年召开高三复课动员会、现场会、研讨会,坚持每年不少于两次主要领导和主管领导深入各校对复课工作进行督促检查,两次慰问高三一线教师,由于措施得力,教师工作热情高,五年高考实现连年提升,五年五大步跨入了全市先进行列。在抓初中方面,县局在充分调研的基础上,研究出台了加强初中教学的两项目标管理办法,每年坚持分片召开初中两项目标贯彻落实督查会,中考复课动员会,英语听力和实验教学现场会等,这些会议有力地促进了全县初中的教育教学。实行小学毕业会考和高年级竞赛,初中带小学,学区合作协调发展。

教育要发展,没有正确的工作思路,没有团结务实的领导班子是不行的。我们教育局领导班子一班人,面对教育改革与发展的新形势,新任务和新要求,通过认真调研,针对存在问题及时调整和确立了"以质量为中心,强化常规管理"的工作思路,提出了"站在高考看初中教育,夯实基础学科,规范史、地、生教学""突出高中、'学前'建设""普教、职教并重,提高基础教育整体质量和效益"等措施;局、片、乡、校四级领导班子分工协作,各司其职,团结务实,真抓实干,形成了上下一心抓教育、努力谋发展的工作局面。

三、"普实"工作取得突破性进展

2002 年,全县各中小学校,采取"挤、贷、借、垫、赊"多种方法,累计投资 1600 余万元,新建实验室、仪器室、准备室 176 个,改造旧房 456 个,添置实验台 6265 套,仪器药品 332181 件,柜架 2650 个,装置水、电、排风及安全设施 5010 件,一举实现"实验教学普及县"各项目标,2002 年 12 月顺利通过省上的评估验收,为全面提高教育质量提供了有力保障。

四、危漏校舍改造工作处于全市领先位次

面对全县大部分校舍已进入危漏房再生期的现实,结合自然灾害形成的大量危漏校舍,县局在各级领导的重视下,紧紧依靠群众,充分发动群众,正确引导群众,把危改作为推进教育发展的硬任务来实施,采取了一系列果断措施,调动了多方力量齐抓危改,形成了一轮又一轮的危漏校舍抢修新热潮。2001年至2003年,三年时间全县新建校舍55036平方米,漏房修缮64472平方米,排危改造25158平方米,总投资76493元。超额完成危改任务,名列全市前列,奏响了一曲人民教育人民办的壮丽乐章。受到市委、市政府的肯定和表彰。

五、大力推进高中标准化建设,加快高中发展步伐

高中教育是基础教育连接高等教育的窗口,受基础设施,经费投入,师资队伍等因素的影响,高中教育已成为全县基础教育发展的瓶颈。为了贯彻中、省加快高中建设会议精神,以创建省级重点高中,市级示范高中为突破口,全面带动我县高中的发展,满足人民群众对高中教育的要求。

为了切实抓好、抓实高中校建工作,县局首先加强领导。成立了富平县教育系统重点工程建设领导小组,为工程建设起到了保驾护航的作用,同时有力地领导、组织协调和服务工程的建设。其次是解放思想。为开拓各高中领导的视野、增加发展的紧迫感,组织各高中的领导赴三原、眉县等地参观、学习并趁热打铁,适时召开了高中重点工程汇报会,开阔了视野,更新观念,确立了"我发展,你受益""用明天的钱,办今天的事"的原则和思路。再次是有力的政策支持。教育局在调研的基础上,起草并提请县委、县政府出台了《富平县关于加快高中发展的意见》,通过了《关于规费减免加快高中校舍建设的意见》和《富平县高中后勤社会力量参与高中建设》,启动了高中后勤社会化改革工作,打开了多年来制约高中发展的瓶颈,为高中的发展提供了宽松的政策环境和

社会环境。最后是制度约束。建立健全任务分解制度,责任落实制度,督查和质量追究制度,有效地保证了工程任务的顺利实施。

全县六所高中,从 2001 到 2004 年,实现了校校年年有项目,出现了竞相发展的良好格局,2004 年迤山中学经省专家组验收创建为省级重点高中;美原中学,立诚中学创建为市级示范高中;2005 年春流曲中学、刘集中学创建为市级示范高中,第二年曹村中学也创建为市级示范高中,富平县六所高中率先在全市完成示范高中创建工作。高中在校学生数五年翻了一番,为普级高中教育打下了坚实基础。

六、两支队伍建设步伐加快

在教师队伍建设上,县局把提高教师队伍素质,提高课堂教学质量确定为全面推行素质教育的重点工作,不断完善措施,加大落实力度。先是开展"铸师魂,树新风"为主题的师德教育活动,进一步增强了广大教师的责任感和使命感。接着大力开展教师继续教育,提高专业素质,全县三千多名青年教师参加了继续教育。紧跟着积极开展学历教育和校本教育,提高学历层次,然后积极推行中小学人事制度改革,实施教师资格认定,建立和完善考核制度,形成择优上岗的竞争机制。五是成功组织全县首届课改论坛。最后,在 2004 年教师节,县委、县政府召开大会表彰奖励了 500 名优秀教师,极大地调动了广大教师教书育人的积极性。

在加强基层班子建设上;我们主要以提高素质,优化结构,改进作风和增强团结为重点。坚持校长培训上岗制度,全县 356 名中小学校长分层次参加了国家、省、市、县四级中小学校长培训班、提高班和研修班学习。持证上岗率达 86.3%,中小学校长政治业务素质和管理水平有了明显提高。坚持

同县委张建中书记在迤山中学留影

环境考验人,实践锻炼人,工作识别人的原则,大胆使用政治思想上成熟、业务上有能力、工作上有魄力的中青年教师,先后对全县部分中小学校长或班子成员进行了调整充实;结合撤乡并镇工作,对乡镇教育组进行了重组,增强了基层班子的朝气和活力。建立了领导责任目标考评制度,对领导成员德、勤、能、绩等方面综合考核,实行一票否决制度,对不称职和不胜任工作的干部随时调整。逐步推行公开选拔、竞争上岗机制,使各级领导干部能上能下,废除终身制。2004年教师节,在全市率先举办了"富平县首届校长论坛",表彰奖励了100名中小学校长,以此作为庆祝第20个教师节的一个重要内容。

我在教育局局长岗位上工作的五年期间,在县委、县政府和上级主管部门的正确领导下,在全县各级领导和广大人民群众的支持下,在全县八千多名教师的辛苦工作下,全系统教育教学各项工作蒸蒸日上,先后获得中、省、市幼儿教育先进县、党风廉政建设先进县、省实验教学普及县;高中教育先进县,招生工作先进县,教育市场规范管理先进县,2002—2004年连续三年县局被评为陕西省教育系统创佳评差最佳单位、文明单位等。教育质量连年攀升,这一切赢得了各级领导、社会各界人士和人民群众的广泛赞扬。我自己也先后获得省"抗击非典先进个人""省危漏校舍改造先进个人""陕西省精神文明建设先进个人"等项殊荣;二〇〇二年获"渭南市人民优秀公仆"称号,2004年获"陕西省先进教育工作者"称号。

回顾这几年,富平一个农业大县、教育工作之所以能取得令人瞩目的成绩,我觉得至少有以下四点经验。

一、得益于富平县委、人大、政府,政协等各级领导及社会各方面的关心和支持,富平县委、县政府以经济建设为主线,以发展教育为基础,始终把教育放在优先发展的战略地位来抓,人大、政协经常深入乡校检查指导,各级党委、政府关心支持教育,人民群众为教育慷慨解囊。这些都为富平教育的发展奠定了坚实的领导基础。

二、得益于思路明确,团结务实的教育系统各级领导班子。没有正确的工作思路,没有团结务实的领导班子是不行的。局、片、乡、校四级领导班子确立"以质量为中心,强化常规管理"的工作思路,分工协作,各司其职,团结务实,真抓实干,形成了上上下下一心抓教育,努力谋发展的工作合力。这些都为富平教育的改革和发展提供了有力的工作保障。

三、得益于广大教职工的辛勤工作。全县中小学教师不辜负各级政府和人民群众的重托呕心沥血,任劳任怨,默默耕耘,不辱使命,为教育事业的大发展在各自工作岗位上无私奉献。这是富平教育不断发展的基础保障。

四、得益于教育局机关全体同志的不懈努力。教育局是全县教育系统的中枢,局机关领导干部的领导作风,工作作风和生活作风的好坏直接影响着基层,也影响着社会。正是基于这种认识,局"一班人"始终把机关作风建设摆在十分重要的位置。全体机关干部团结进取,务实创新、廉洁高效敬业爱岗、服从大局、强化服务意识，机关各股室切实转变工作作风，重心向下，深入包联乡校，坚守岗位，奉献智慧，科学指导，不断增强服务功能。正是由于机关领导干部率先示范、身体力行、才保证了政令畅通，务实高效，这些为富平教育发展提供了有力的组织保障。

我在教育局工作期间的教育思想教学管理工作的主要思路，作法及成效，集中反映在我在不同层次的会议上的讲话和文章中。特引用以下几篇，以供共同研讨。

在全县教育工作会议上的讲话

同志们：

春节才过，元宵又至。今天，我们在这里隆重召开2003年全县教育工作会议，值此机会，我代表教育局向大家并通过大家向全县教职工致以亲切的问候和诚挚的祝愿。恭贺大家新年好！

刚才，刘昕旺局长代表教育局作了教育工作报告，安排部署了今年的各项工作任务；会上，下达了2003年责任目标，宣读了2002年责任目标考评结果的通报，表彰奖励了一批先进，重申了开学收费纪律；随后，乔县长还有重要讲话。这些对我们做好今年的各项工作都具有积极的促进作用。大家回去之后要认真研究，切实抓好落实。

下面，我再强调三点。

一、认清形势，把握机遇，切实增强教育工作必胜的信念

100

2003 年是在新一届县委、县政府领导下,全面贯彻落实十六大精神,推进全县教育事业大发展的第一年,明确认识教育现状,清楚分析利弊因素,把握发展机遇,对做好今年工作至关重要。我希望大家从以下几方面正确分析和把握好今年的教育形势。

充分的政策支持。2001 年,国务院《关于基础教育改革与发展的决定》,重申了基础教育的战略地位,突出了基础教育全局性、基础性和先导性作用。要求各级政府尤其是县级政府要像抓经济一样,必须将基础教育纳入国民经济和社会发展规划。随着"以县为主"管理体制的全面落实和经费保障机制的建立,转移支付政策的实施,财政拨款的逐年增长,基本保障了基础教育的优先发展。十六大报告指出,教育是为全面建设小康社会提供智力支持和富民兴邦的根本大计。这对教育从政策上给予了重新定位和加强。

扎实的工作成绩和有利因素。近两年来,全县教育系统按照市、县教育工作要点和县委、县政府的统一部署,稳步推进教育事业的发展,取得了显著成效。

一是两年来全县投资 5068 万元,实施以"危改"为重点的校建工程,基本消除了危漏房,校容校貌和办学条件得到较大改善。

二是去年全县投资 1684 万元,一举实现了"陕西省实验教学普及县"目标,常规的和先进的教育教学设施设备,基本满足了教学需要。

三是先后组织进行了大规模的全县中小学教学常规检查和学校常规管理检查,制定并印发了两大基本要求,使学校管理工作迈上了新层次。

四是师资队伍建设得到有效加强。我们的各级领导和广大教师不孚众

101

望,呕心沥血,任劳任怨,为教育事业的大发展无私奉献。在战胜困难、勇往直前的过程中,提高了工作能力和水平,造就了披荆斩棘的气魄和胆识。

五是普通教育质量持续上升,职业教育、成人教育及民办教育蓬勃发展,幼儿教育荣获全省先进。

六是系统精神文明建设成绩突出。全县中小学洋溢着愉悦、文明、健康、向上的教育气氛。近两年,系统"创佳评差"工作受到省委、省政府和市委、市政府特别嘉奖。去年,局机关荣获市级"文明单位"称号。

这些扎实的工作成绩和有利因素,为今后教育工作奠定了稳固的基础。借此机会,我代表教育局向各级组织和人民群众表示崇高的敬意!向全县教职工表示由衷的感谢!向一年来成绩突出,受到各级组织和教育局表彰的单位与个人表示热烈的祝贺!

存在的困难和面临的问题。一是高、初中特别是高中的办学规模与经济社会发展和人民群众的强烈愿望差距较大,成为教育的瓶颈。二是中小学校的办学水平不高,发展不均衡问题严重,制约着教育的跨越式发展。三是基础教育经费投入严重不足,中小学公用经费没有落实,加之"危改""普实"欠账普遍存在,已成为教育缓慢发展新的制约因素。四是教育信息技术、专业教师队伍建设及课堂教学改革水平不很理想。从教育信息角度讲,硬件配备尚差,教学手段滞后。全新的沟通机制和丰富资源的学习环境尚未建立,没有完全形成信息技术与学科课程的整合;从课堂管理角度讲,缺乏活跃的气氛和吸引力。张扬学生个性,体现学习乐趣,成就学生成才的新型课堂模式还有待于深入探索和研究;从教师角度讲,角色转换问题突出。新的理念与传统的教育教学观念的矛盾,新的教育方式与传统教育方式的矛盾等,这些问题均未能引起大家的足够重视;从学生角度讲,适应能力不强。活跃的思维方式、自主的学习方式和批判精神、合作精神也没有得到有效的培养和训练。

良好的发展环境和群众基础。新一届县委、县政府审时度势,高瞻远瞩,诚信求真,从团结、发展、振兴的高度,提出了"统一思想,团结兴富,埋头苦干,再振雄风"的方针,全县上下形成了讲政治,高举团结大旗;讲正气,共谋发展的政治氛围。县委、县人大、县政府、县政协及乡(镇)党政领导重视、支持教育的力度和决心一届胜过一届,使教育发展有了强有力的组织保证。全县社会各界和人民群众发展不忘教育,安居不薄教育,重教兴学的真情奉献一浪高过一浪。这些都为教育持续、健康发展提供了宽松的环境和坚实的群众基础。

总体分析今年教育工作的各种因素,客观地讲,我们今年的工作形势令人欣慰,政策十分有利。只要我们树立必胜的信念,把握机遇,乘势而上,锐意开拓,新的目标一定能够实现。

二、突出中心,抓好重点,全力确保今年各项工作任务的完成

突出中心,抓好重点是近两年全县教育工作者和广大教师在教育教学实践中总结的宝贵经验,是唯物辩证法与其方法论同教育实践的成功结合。教育工作的中心目标就是教育质量目标,质量是学校的生命,是教育的生命。今后,我们一定要始终突出质量这一中心,坚持教育教学创新,抓好重点工作,确保"八大突破",为提高教育质量提供更好的条件和资源,努力把富平的教育改革与发展推进到一个新阶段。从今年起,教育局对教育教学质量突出的学校和个人,要逐步加大表彰奖励的力度,真正在全县中小学形

成一种浓厚的提高教育教学质量的竞争氛围。

围绕质量目标，我们务必抓好下面五项重点工作。

一是全力搞好高考、中考复课工作。复课质量的好坏，直接关系到高考、中考的成败。各级领导特别是高、初中的主要领导一定要抓住这项事关全局的大事、要事，加强对此项工作的领导和指导，全方位为高考、中考复课提供便利条件和优质服务，充分调动和保护方方面面的积极性、主动性和创造性，确保复课质量和效益，力争实现今年高考、中考有新突破。

二是着力改进和规范学校常规管理工作。年初，县局重新制订的《富平县学校常规管理基本要求》已经下发，各乡校、视导室要把落实《要求》作为改进和规范学校常规管理工作的首要任务，切实抓实抓好。要组织教职工认真学习领会，逐条理解和把握《要求》精神，从思想上接受《要求》。要对照《要求》，认真研究，修订原有的管理制度，制订切合实际的实施细则，建立完善岗位规范，改进和优化管理模式与管理机制，从行动上贯彻、落实好《要求》。要强化督查，务求实效，努力使学校六大常规管理工作更加规范、科学，为深入推进素质教育，全面提高教育教学质量提供有效保障。

三是进一步规范实验教学管理和使用。去年，全县实验教学设施仪器配建任务已基本完成，并顺利通过省教育厅评估验收。实验管理能否到位，能否及时使用，是我们今年需要加强的重点工作。县局决定以创建"实验教学示范校"为突破口，树立典型，带动全局，使实验教学管理和使用再出新水平。各级领导必须高度重视，从管理人员的培训和提高、管理制度的建立和健全等方面切实落实责任，确保实验室经常开放，实验课正常进行，力争"五率"达标，推进中小学实验教学的健康发展。

四是切实加强教育教学研究工作。教育教学研究是打造教育品牌、培育教育精品的重要途径。教研室要切实担起责任，搞好中小学教研网络建设，拿出成套的、科学的管理方案，积极实施有效管理。要准确选定教研课题，广泛开展教研活动，用丰富的教研活动来锻炼和提高广大教师的执教水平，用较高水平的教研成果来提升中小学教育教学的档次。各乡校要把教育教学研究作为学校出特色、教师出名、学生成才的重要管理手段，加大力度，积极实践，力争使学校由常规型向教研型转变。

五是必须加快高中后勤社会化建设。各高中要认真贯彻全县高中教育工作会议精神，多方努力，创造条件，及早落实后勤社会化建设规划。通过后勤社会化建设，改善办学条件，适度扩大办学规模，不断提升办学层次，让更多的学生有机会接受更好的高中教育，满足人民群众的强烈需要。为全县"十五"末，实现高中阶段入学率达到50%以上的目标积累充分的经验。

众力所举，无不胜；众智所为，无不成。只要我们紧紧抓住教育质量这一中心目标，抓好各项重点工作，今年的各项目标任务一定能够圆满完成。

三、加强领导，狠抓落实，实现全县教育工作新年新局面

关于今年的工作，思路已经明确，任务已经下达。形势催人奋进，政府和人民重托，任务光荣而艰巨，要求我们务必顺应潮流，躬身勤耕，与时俱进，再铸辉煌。为此，我再讲几点要求。

(一)加强学习，不断推进思想解放

教育要与时俱进，关键是教育者的思想要与时俱进。作为教育管理者，始终高举解放思想的旗帜，加强学习，是实践"三个代表"的首要任务。目前，我们的思想解放还不深入，旧的教育思想观念、思维模式，仍束缚着我们

的思想行为,制约着我们的创新精神。因此,各级领导特别是一把手要把学习和贯彻十六大精神,学习和领会教育创新新理念,学习和掌握现代教育知识作为当前一项重要的政治任务,切实做到认真学习、深入领会、全面贯彻。并要引导广大教职工解放思想,树立正确的教育观、教学观、人生观和世界观。

通过深入学习,让我们的思想在教育创新上有新的解放,在学校常规管理上有新的解放,在党建和思想政治工作上有新的解放,在解决问题的方法上有新的解放,在研究当前工作、谋划学校发展、提高教育质量上有新的解放,使我们的思想更加切合时代要求,真正与时俱进。切实克服因循守旧、故步自封的保守观念,改变不改不创、求稳求安的自满心理,消除精神不振、坐等观望的消极思想。按照十六大精神,准确把握时代脉搏,强化五种意识,积极履行职责。

强化政治意识。要始终从讲政治的角度,认识在全面建设小康社会的新形势下,改革与发展教育的重大意义,善于从政治上观察和处理问题。不断提高辨别是非和坚持原则的能力,增强政治敏锐性和鉴别力。

强化大局意识。改革、发展、稳定是全党全国工作的大局。深化改革,加快发展,实现"两个增长"和富民强县目标,是全县工作的大局。紧扣质量中心,坚持教育创新,提高教育质量,推进教育持续、健康发展是全县教育工作的大局。要始终把质量和发展放在首位,想问题、干工作、做事情多从全局考虑,自觉、主动地为工作全局和教育大局服务。

强化事业意识。我们从事的是民族的根本大业,肩负着贯彻党的教育方针,全面推进素质教育,为经济建设培育人才的历史使命。要始终把职位看成责任、看成义务、看成事业,为教育事业追求不息,奉献不止。

强化创新意识。发展要有新思路,工作要有新举措,要有所创新,要与时俱进。我们分析新情况,研究新问题,一定要冲破思维定势,开拓思维方式,不断调整思路和方法,创造性地开展工作。

强化竞争意识。竞争就是你追我赶。机遇当前,慢进则退,等看则败。要始终牢记责任感和紧迫感,心存"人无我有,人有我优"的志向,居前猛进,后起直追,树立打造教育品牌和精品的雄心,增强竞争生存的气魄和胆略,勇于竞争,敢于超前。

(二)建好班子,不断提高管理素质和水平

班子是一个单位的核心,"一把手"又是这个核心的灵魂。建好班子,就是要形成一个突出灵魂、紧密合作、独立思考、民主集中、团结创新的集体领导。教育改革与发展的新情况、新问题和新任务,要求我们每一位领导干部都要做"重政治、强业务、高理论、厚基础、宽视野、严作风"的先锋,在实践中学习知识,积累经验,增长才干,不断提高素质和水平。所以,各级领导都要有合作、团结、谋事、批评的精神。

合作能产生动力,也最能体现民主。作为"班长",既要统揽全局、搞好协调,又要会当"班长"、放手放权,更要尊重、信任、支持和理解班子其他成员,多讲有利于合作的话,多做有利于工作的事,以党性、以制度、以人格、以业绩来实现班子的有效合作。

团结创造效益。团结既能使班子发挥好整体功能,又能把教职工的热情、积极性转变为有形的工作效益。班子成员要按分工要求,诚信严行,职尽其责,事尽其功,当好参谋和助手。要相互容忍、谦让、帮助和互补,善于

107

从集体领导角度看问题,不看重职位,不计较得失,勇于抓实事、干成事,识大体,顾大局,形成巨大的工作合力。

要团结,更要谋事。身在其位,责在肩上,谋事是根本。要认真思考今年要干的大事、实事、要事、急事,制订好工作计划,心往事上想,劲往工作上用,让共同谋事来维护团结,增强班子的生机与活力,提高班子集体领导的凝聚力和战斗力。坚决反对那种握权怕谋事,当官怕担责,甚或不干正事,上跑下窜,传播谣言,搬弄是非的小人作为。

开展批评,纠正错误是建好班子集体的法宝。有问题、有意见要诚恳听取,虚心改进,要善于接受批评和开展自我批评。不要遇到反对意见就以势压人,强词夺理,打击报复,互相拆台,搞不团结。

要切实转变作风,集中解决好思想作风、学风、工作作风、领导作风,以及生活作风方面存在的突出问题。坚持实事求是的思想路线。一切从工作实际出发,既不能搞形式,更不能走过场;坚持调查研究。了解、掌握工作进程中存在的新情况、新问题,了解影响我们工作的症结所在;坚持有的放矢。使新举措立得住,行得通;坚持强化服务意识。以教为先,兴教为本,把工作着力点放在困难大、矛盾多的地方,妥善解决问题,理顺情绪和关系,稳定干群之心。我们基层有些领导,职位不高,官气不小,好摆门面,爱讲空话,不守信用,脱离群众,处理问题方法简单粗暴,动辄训人,口出脏言,在教职工当中乃至社会上造成了极坏的影响,不整顿已不能保稳定,不教育已难以平民愤。

要恪守组织纪律、工作纪律、财经纪律和廉政纪律。作为"班长"不以身作则,就带不出好班子,班子不做出好样子,就带不出单位的好风气。因此,各级领导干部必须坚持个人服从组织，少数服从多数，下级服从上级的组织原则，做到有令必行，有禁必止，确保政令畅通。必须严格按照行政规则办事，严格办事程序，坚守工作岗位。必须坚持财经制度和勤俭节约的原则，科学管好单位的财产财物，用好单位的每一分钱，严禁利用特权大吃大喝，铺张浪费，滥发钱物或奖金。必须廉洁自律。管好自己的嘴，不乱吃乱讲；管好自己的手，不乱拿乱要；管好自己的腿，不乱跑乱进；管好亲属子女，不让他们仗势作为。真正树立自身清正廉洁、爱岗敬业、身正垂范的良好形象。教育局党委、局纪检委要将履行四项纪律和作风建设作为今年考核基层班子的重要内容，实行一票否决制度。对顶风违纪者要严肃查处，对不称职者和不胜任的干部随时调整。

今后，教育局配备基层班子，将突出提高素质、优化结构、特长互补、改进作风、团结创新五个重点，努力把各级领导班子建成作风民主、团结务实、教职工信任和拥护的坚强领导集体。在选拔任用干部上，坚持环境考验人，实践锻炼人，工作识别人的原则，建立政治、人品、能力、实绩、民意等方面整合考察的用人导向机制，逐步推行公开选拔、竞争上岗的办法，大胆重用政治上靠得住，业务上有本事、想干事、能干事、不怕事的中青年教师，使各级班子更加富有朝气和活力。

（三）真抓实干，不断推进教育事业的持续、健康发展

全面完成今年各项工作任务，让各级组织和领导靠得住，让教职工和群众信得过，我们还必须做到想干、敢干、会干、实干。

不想在基层工作，不热爱教育事业，或者把教育工作作为自己升职的跳板，肯定干不好；是想过渡一时，还是奋斗一生，是为教育事业作贡献，还是

为另上台阶,都关系到想干不想干的问题。

从想干到敢干,必须有披荆斩棘、不怕牺牲的精神作为桥梁,否则,遇到困难和挫折,可能会过多考虑自己的政治前途和工作环境,要始终牢记付出和收获是辩证的,想有所成就,必须做出牺牲。要敢字当头,困难面前,敢于知难而上;机遇当前,敢于抢机遇。

敢干不等于蛮干,要善干会干。教育教学工作既具很强的政治性、政策性和专业性,又有复杂性、艰巨性。为谁培养人的问题,就体现了政治性。培养什么人的问题,就体现了政策性。怎样培养人,就体现了教育工作的专业性。学校工作头绪多,并不等于没头绪,关键要看我们会不会干事。一所学校,办学效益好,教育质量好,群众比较满意,首先说明这所学校有一个会干事的校长和团结务实的班子。质量和办学效益差,群众有意见,说明这所学校的校长和班子思想认识不到位,工作落实不到位。所以,各级领导首先要把大量时间和精力用在深入教学一线,指导教育教学实践上,和教师同甘苦,共患难。决不能居高临下,长官作风,指手画脚,只说不做。第二,要尊重教职工,信任教职工,依靠教职工,千方百计调动教职工的积极性、主动性,让他们自觉地为办好教育贡献聪明才智。第三,要突出重点,善抓大事,抓事关教育改革与发展的要事、急事,突破重点,解决难事,带动整体。不要漫天过海,抓小求全,陷入琐碎事务之中。第四,要学会审时度势,紧跟时代步伐,坚守阵地,瞄准前沿,与时俱进。

会干是实干的前提,实干是兴教的基础。今年工作的大事多,急事多,不扑下身子不行,不下工夫真抓不行。各学校、教育组、视导室及县直职能部门所有领导都要有真抓实干、顽强拼搏的决心,勤抓、严抓、细抓、实抓各项工作,一抓到底,抓出成效。局机关要率先垂范,深入基层,包联乡校;少说空话,多办实事;少论是非,多讲发展,狠抓各项任务落实,真干事,创实绩,求实效,全力确保今年各项目标任务的全面完成。

最后,春季开学在即,各乡校要及早做好开学前的一切准备工作。这里我着重强调一下收费问题。去年,"普实""危改"各乡校投入资金量大,都有不同程度的欠账,还款任务艰巨。县局对此很清楚,也知道大家的难处,但是,决不能打学费的主意。今春开学收费形势依然严峻,各乡校一定要按照省、市、县的文件要求,规范公布项目标准,诚信收费,坚决杜绝搭车收费、超标准收费,哪个乡校在收费上出问题,坚决严查重纠,决不姑息。

同志们,全面提高教育质量和办学效益,圆满完成今年的各项目标任务,是县委、县政府和全县人民的重托,也是我们义不容辞的责任和义务。全县教育系统各级领导和广大教职工都要从贯彻党的十六大精神和实践"三个代表"重要思想的高度,从执行县委、县政府"十六字"方针的高度,充分认识学校教育的长效性和艰巨性,突出质量主题,瞄准"八大突破",打造教育品牌。诚信团结,携手共进,继往开来,以必胜的信念、全新的形象、务实的作风、扎实的工作,确保学校管理上层次,确保教育质量再攀升,确保全县教育事业持续、健康发展。

谢谢大家!

在分片教育工作汇报会上的讲话

同志们：

去年 5 月 16、17、23、24 四天，我和当时普教股张股长、人事股王股长参加了全县五个片的教育工作汇报会。那一次，是我和大家第一次见面，我向大家谈了我的用人原则，讲了搞好富平教育的信心和决心。转眼一年过去了，咱们相互之间也都有了了解，大家对新一届教育局班子的工作、为人，对富平教育的改革和发展，也已比较清楚。一年后的今天，为了了解大家对年初县局安排的各项工作的实施情况，掌握各乡镇的工作状况，总结经验、查找问题，及时调整工作思路，制订工作措施，进一步做好后段工作，教育局决定近期分片召开工作汇报会。

刚才，专干作了汇报，张局长就小学质量管理讲了思路，我想简单地回顾一下年后我们的工作，讲几点对后一阶段工作的要求。

年初以来，全县紧紧围绕提高教育教学质量这一中心，抓教学，抓管理，改善办学条件，落实教师工资，同志们齐心协力，上下配合，全县整个教育形势出现了良好的发展态势，其好转的速度超出了我的预料，在有些方面取得的成绩十分突出，令人非常鼓舞。

一、扭住提高教育质量不放松。一是继去年冬季常规教学大检查和县局【2002】1 号文件下发之后，片、乡、校都按照县局要求，分别制订了相应的实施细则，大部分乡、校都组织进行了常规教学检查，使教学行为得到进一

112

步规范，教学过程管理得到进一步加强。二是狠抓了高考复课。县局专门成立领导小组，加强了对复课工作的管理和指导。在工作方面，县局先后组织召开了高三复课动员会、现场会、研讨会，组织了全县高三学生综合科目六个单科的测试和市第二次模拟考试，并先后两次深入各校对复课工作进行了督促检查，两次慰问了高三一线教师。从市第二次模拟考试结果来看，我县上升幅度大，高考总体形势很不错。三是在抓初中方面，县局在充分调研的基础上，研究出台了加强初中教学的两项目标管理办法，基层贯彻落实情况比较好，特别是中考复课，全县各片、乡、校都出现了前所未有的好势头。县局也采取了一些措施抓中考复课，并分片召开了复课动员会，在庄里召开了全县英语听力和实验教学现场会，组织全县学生参加了模拟考试等等。这一系列工作，有力地促进了全县初中的教育教学。四是小学教学，张局长刚才安排了小学毕业会考和高年级竞赛，县局在抓小学教学方面，有成套的思路和措施，我们随后将逐一落实。我相信，小学教学在不长的时间内，也会像高中和初中一样，迅速走上规范化的轨道。五是对全县中小学校的实验现状进行了全面督查和评估，分乡、校通报了评估结果，及时指导了乡、校的"普实"工作。

二、强化管理抓落实。首先根据工作需要，及时调整、充实了部分中小学校的管理队伍，进一步增强了学校领导班子的凝聚力、战斗力和工作活力。其次广泛开展了以《公民道德建设实施纲要》为主要内容的学习教育活动，以人为本，重塑师德，加强了教师队伍建设。然后着力开展行风治理整顿。开学初，重点对乱收费现象进行了清查，有效地遏制了顶风违纪现象的发生，稳定了教育大局，维护了教育的良好形象。以中考加试体育为切入点,以各类招生考试报名工作为突破口,严肃了考风考纪。中考加试体育,中考、高考报名和高考体检等工作进展顺利。在上周召开的市招生会议上,我县的工作受到市教育局、市招生办的充分肯定。再是进一步加强了党风廉政建设和机关作风建设,全体机关干部的工作作风较之前有了很大转变。五是校园绿化、美化及周边环境治理工作力度大,效果显著,一批乡、校受到县局通报表彰。

三、重点工程进展顺利。《高职中后勤社会化改革方案》基本确定,改革试点工作即将全面启动。迤山中学、美原中学学生住宿改革基本方案得到有关部门的认可,公寓楼暑期将动工。迤山中学图书楼、美原中学综合实验楼正在抓紧施工,刘集中学教学楼筹备工作已基本到位。县危改督查队对全县各乡、校危漏校舍进行了再次全面排查,今年的目标任务已经确定,县政府和各乡镇签订了危改目标任务书。

四、社会力量办学进一步规范。在鼓励和支持社会力量举办高中教育和学前教育的同时,加强对义务教育阶段社会力量办学校的审批管理力度,下发了《严格社会力量办学审批程序及规范管理的通知》,开始了对全县社会力量办幼儿园进行治理整顿。

五、教师工资管理运转良好。教师工资是全县教师尤其是初中小学教师关注的大事。县上在财政十分困难的情况下,想方设法理顺工资管理体制,努力争取中央财政转移支付,保证了教师工资按时发放。截至目前,全县教师工资已发至四月份,五月份已经划拨。这一形势的根本性转变也超出了我和县上一些领导同志的预料。

教师工资的及时发放,有力地稳定了教育大局,极大地调动了广大教师教书育人的积极性,有效地促进了我县基础教育的改革与发展。

同志们,刚才听了各位专干的汇报,我认为,各乡镇在着力抓好中考复课,常规教学,史、地、生教学及小学管理、绿化美化、危改、普实等等重点工作方面,能严格按照县局要求,从各自的实际出发,创造性地做了大量扎实有效的工作,取得了较好的成绩。在这里,我代表县教育局,对大家前段的辛勤工作表示感谢!

回顾我们前段的工作,成绩是明显的,但从县局了解掌握的情况以及各乡镇的工作汇报来看,我们前段工作中还存在着一些问题。

首先是强化史地生教学工作进展不平衡。史地生是初中的重要教学内容,大多数乡、校能严格按照县局的要求开展工作,收效较好。但有的乡、校变化不大,据我了解,期中考试,有的乡镇,有的初中,就没有考史地生,这能说明认识到位吗?能说明你重视局里的安排吗?显然不能。

二是有些乡镇对小学管理不重视。近年来小学取消了升学考试,小学校长和教师在这一方面没有压力,有一些责任心不强的同志,放松了小学管理,尤其是教学管理。在极个别学校,教学常规落不实,教师缺课现象也不时发生。

三是"普实"工作进展缓慢。此项工作本身有难度,但事在人为,开学初,有不少初中都一次性添置了一万多元的实验设备。但大部分乡、校还没有真正引起重视,在困难面前,不思进取,不想办法,工作进展不大。

四是个别乡校教学常规管理落实得不够扎实。各片、乡、校都制订了教学常规管理实施细则,但有个别乡校对此项工作还是重视不够,还没有把贯彻《富平县中小学教学常规管理基本要求》当做一项大事来抓,工作浮而不实。

以上问题，如果不能从思想上引起高度重视，不能及时解决，将会直接影响到今后一个阶段以及全年各项工作任务的完成。为此，我提出以下几点要求：

一要指导好最后阶段的中考复课。中考在即，片、乡、校的负责同志，要继续重视初三工作，要深入教学一线，指导教师和学生回归基础，回归教材，进一步理清知识网络，力求基础知识牢靠准确，力争不失误。要指导教师培养学生的知识迁移能力、综合分析能力、解决实际问题的能力。要教育引导学生减轻心理压力，以良好的心态迎接中考。还要注意培养学生的应试能力，指导学生正确填涂信息卡和卷首。教给学生灵活的技巧和正确的答题策略。总之，通过大家的共同努力，要确保今年中考取得优异成绩。

片、乡、校在抓好中考复课备考工作的同时，还要立足常规，抓好初一、初二的教学工作，为全面提高初中教育教学质量打好坚实的基础。

二是要切实加强史地生教学。县局为什么要一再强调抓好史地生教学？这是县局站在高中看初中，面对高考反思初中教学的结果，也是我们作为教育工作者对学生高度负责，对家长高度负责，对富平教育高度负责的体现。

实事求是地讲，过去，咱们的史地生三科一般都没有很好地重视，有的干脆就不开设这几门课程。咱们的毕业生基本不懂史地生知识。可以毫不夸张地说，这些年，我们培养的初中毕业生，是知识结构不完整的毕业生，是不合格的毕业生。对这一现状，我们作为县局的领导，作为乡镇和学校的领导，不能熟视无睹，任其发展。而应以对学生负责，对教育负责的高度责任

116

感,千方百计地解决好这一问题。

从另一个方面看,这一问题的存在,已严重影响了我县文科生的高考。刚才讲过,市二模考试,我们的总体情况很好,但我们的文科情况很差。我县的文科第一名,在全市是第82名。全市前150名,我县仅有3名,名次依次是82、128、133。文科的平均成绩也低于全市,文科综合成绩在12个县市区中,处于第8名。冷静地想一想,除了高中教学方面的原因外,根本的原因就是学生初中的史地知识十分薄弱。

为了培养合格的初中毕业生,为了加强我县高中的文科教学,各乡校必须切实强化史地生教学。一是要开齐课程,开足课时,二是要配备专职史地生教师,三是规范备课、上课、作业、辅导、考核等教学常规,四是开展一系列行之有效的教学活动,提高教师的教学水平,增强学生的学习效果。

史地生教学,我给张局长说过多次,在我们任职期间,绝不放松这三科教学,一定要使这三科教学早日规范化。要根据目标管理办法,严格考核,认真评比,对过差的乡校要采取组织措施。

三要调整小学管理工作思路。日益强烈的质量生存观要求我们要提高高考、中考质量,必须从小学抓起。县局从本学期开始对小学六年级实行毕业会考,在秋季将开始对小学高段组织进行语文、数学以及综合学科的竞赛。视导室、乡镇教育组和各小学要按县局的工作部署,尽快调整工作思想,增添措施,把小学管理和常规教学工作切切实实抓起来,抓出成效,为初中教育奠定扎实的基础。

四要全面贯彻教育方针,全面提高教育质量。4月底,齐村教育组在齐村初中举行了很有声势的齐村乡首届校园艺术节。展出美术、科技制作

1800多件，演出节目33个。参加的师生很多，观看的群众很多，县局的分管领导和干部、乡党委和政府的主要领导、分管领导也都参加。张局长回来后给我汇报时说，活动展、演效果很好，社会效果很好。活动展示了全乡师生的艺术才能，展示了全乡师生的团结进取精神，展示了全乡的教育教学成果，开创了我县乡镇校园艺术节的先河。

事后，我想了想，觉得教育就应该这样，不能单抓文化课，应当全面贯彻教育方针，全面提高教育质量。应当大力开展校园文化体育活动，活跃校园文化生活，陶冶师生的情操，培养艺术人才，增强学生的团队精神。齐村乡的办学条件和师资水平在全县不算很高，艺术人才也没有几个，他们为什么能想到搞这样的活动，而且组织进行得那样好，全县有不少的乡镇条件都比齐村好，他们为什么没有这样做？他们整天在想什么，做什么？这个问题，我想留给大家思考。这件事过后，我还想，今年秋、冬季，明年春季，咱们各乡镇能否像齐村一样，都搞类似的活动，以此来增强学校的活力，活跃学校生活，不要让初中小学学生的学习很苦很累。

艺术活动，体育活动，咱们各乡校不仅要搞，并且要千方百计地搞好。县局在明年后季适当的时候，在基层广泛开展活动的基础上，要举行全县校园文化艺术节。提前给大家打个招呼，大家要早做准备。

五要加快"普实"工作步伐。实验教学是培养学生创新意识和实践能力的重要途径。从中考到高考，我们可以清楚地看到实验考查的要求和分值在不断提高。今年省上要对我县"普实"工作进行验收，时间紧，任务重。县局要求各乡、校首先要提高认识，要把"普实"工作当做提高办学水平，提高教学质量的一项重要措施来抓。二要立足实际，克服困难，千方百计，多方筹资,按"普实"标准购置配备实验器材和设备,确保"普实"工作顺利通过验收。三要强化管理,充分发挥实验设备的作用,不断提高学生的实验操作能力。

六要切实抓好危漏校舍改造工作。今年全县的危漏校舍改造任务仍然很艰巨。县政府也同教育局签订了危改目标责任书。各乡镇要切实加大危改工作力度,积极争取办学单位的支持,全面完成危改任务。

七要切实履行职责,努力提高工作质量和效益。有人讲:"商业散了,企业烂了,教育形势变了。"在教育形势越来越好的今天,各视导室、教育组和所有学校的领导成员都要进一步转变教育观念,改变工作作风,抓大事,办实事,求实效。要坚守工作岗位,尽职尽责,扑下身子,深入教学第一线,研究教学,指导教学,竭尽全力,把本单位、本学区的教育质量抓上去。

同志们,这次会议既是对前段工作的总结汇报会,也是对后段工作的部署安排会。希望各乡、校紧紧围绕县局立足常规,提高质量这一总体要求,明确工作任务,理清工作思路,扭住中心,抓住重点,再添措施,再鼓干劲,为全面完成全年各项工作任务,全面提高教育质量共同努力。

在高三教师会上的讲话

同志们:

今天,咱们学校召开高三教师会,我与局里有关领导和同志前来参加。一是想了解一下去年12月29日全县高中教育工作会议之后,各校贯彻落实会议精神的情况以及各校对后一段复课备考的想法和措施，二是想与大家共同分析研究今年的高考形势，通报教育局今年在高考方面的思路和措施。目的是想通过分析研究，使大家理清思路，统一思想，坚定信心，通力合作，全力抓住高考这件大事，扑下身子，埋头苦干，千方百计提高复课备考工作的质量和效益，确保今年高考实现新的突破。

刚才，听了校长同志的汇报，我的总体感觉是：学校前一段的工作做得比较好，后一段工作安排具体，目标任务明确，措施比较得力，信心也比较足。为了使大家在后一段有限的时间内，抢抓机遇，增添措施，强化薄弱方面，保证复课备考工作有突破性进展，下面，我讲两点意见。

一、关于对今年高考形势的一些认识

分析今年高考的形势，我认为，今年高考有许多新变化，新情况，新问题。总体上讲，是有利形势和具体困难并存，发展机遇和新的挑战同在，全面打胜 2002 年高考这一仗希望很大。

首先，从中央到地方，相继出台了一系列有利于普通高中发展的政策和措施。市、县两级政府对高中教育特别是教育质量更加重视，支持力度尤其是投资力度越来越大，办学条件和教育设施设备逐步得到改善。政府关注和群众关心高中教育的程度空前提高。社会各界和人民群众对高考的关心从来没有像今天这样热切，关注的焦点不仅仅是子女能否考上大学接受高等教育，更重要的是注重子女能否进入名牌大学、重点院校接受教育，这些无疑对我们的复课备考工作和在座的各位同志提出了新的更高的要求和希望——既要求我们在高考数量上大面积丰收，又希望我们在尖子生培养上有新的突破。

120

二是招生计划增加。今年全国普通高校计划招生 275 万人,比去年 250 万人增长了 10%,净增 25 万人。我省计划招生 12.6 万人,也比去年增长了 10%。这为各校今年高考实现目标任务提供了条件。

三是英语听力成绩计入总分,这是中国入世走向世界,加入国际竞争的需要。这必将使城乡英语教学原有的差距特别是在听力方面的差距进一步拉大,这势必影响今年我们的高考成绩,所以说,英语听力成绩记入总分这一变化对我们中学的英语教学尤其是高三英语教学提出了新的挑战。

四是高考取消标准分,恢复原始分计分办法,这对全面发展的优秀学生和各科均衡的学生不会有多大影响,但对偏科学生的入围和发展提供了很好的机会。这应引起我们的充分重视,并及时分析学情,调整培养对象,改变复课策略。

五是学校领导和教师群体比较优秀。长期奋战在教育教学第一线的学校领导和各位老师具有强烈的事业心和责任感,教书育人,敬业爱岗,任劳任怨,无私奉献,做出了艰苦的努力和显著的成绩。在工作过程中,自身也得到了磨炼和提高,具备了担当重担的素质和能力。这是我们今年打胜高考这一硬仗的坚实基础和有力保障,也是我们今年高考实现新的突破的希望所在。

六是今年的考生有一定的优势。往届生中,有一批去年放弃入学机会的比较优秀的学生,这必将增强我们今年的竞争实力。应届学生较上届水平有了提高,中上等学生群体较大。这是我们后四个月通过分类推进和强化训练提高高考成绩的潜在因素,也是今年高考我们应当充分挖掘的潜力所在。

七是在教学常规大检查和高中教育工作会议之后,各校在注重常规的前提下,提早地抓了高考,抓了复课,工作抓得细,抓得实。各位老师热情比较高,干劲也比较大,复课效果比较好,这为我们后一阶段的工作奠定了基础。

我们在看到这些有利因素的同时,还要清楚地看到不利因素和存在的问题。

诸如由于教师数量特别是素质方面的原因,致使不少教师长期奋战在高三教学一线,没有机会从事高一高二教学,得不到休整,没有时间"充电",也使这些同志对现行高一高二教材不够熟悉,这对毕业班的教学效果是有一定影响的。同时,在长期的紧张工作中,有的同志身体吃不消,有的也产生了厌战情绪;校舍和师资不足导致班额过大,作业批阅、分类推进工作很难得到落实;一些学生在校外食宿,这给学校管理带来了很大困难,使教学效果打了折扣;教学设施设备不足,教学观念和手段滞后造成学生理化生实验、英语听力等薄弱方面得不到加强,学生的动手能力、实验技能、创新精神和实践能力难以提高;质量毫无保证的初中史、地、生教学,给文史类考生的史、地知识和理工类考生的生物知识造成先天不足,学科应试水平提高乏力;前一段,因大中专学生分配不到位,致使学校教师短缺,迫使个别高三教师跨年级带课,加重了工作量,影响了高三教学。这些问题的存在,不同程度地制约着我县今年的高考质量,不能不引起我们的高度重视。因此,学校领导班子特别是校长对今年的高考形势和存在的具体问题要有一个清楚的认识,在通盘考虑、安排高考复课备考工作时,要把工作的切入点放在理清思路、改革取胜上,把指导复课备考工作的着力点放在战胜困难上,把应对措施准备得再充分一些,振奋精神,知难而进,奋发有为,继续保持和营造高考复课备考工作的良好态势和氛围,努力实现复课备考工作的高质量和高效益。

二、关于后一段高考复课备考工作

今年,我县高考的总体目标是:在确保一本、二本和专科三段入选人数全面提高的前提下,努力实现名牌大学和重点院校入学人数的新突破,确保教育大县和高考大县在全市的位置不动摇。为此,我着重强调以下几点:

分析考情,吃透底子。从年前模拟检测成绩看,今年全县考生整体水平与去年同期相比基本持平。理科一本上线 419 人,二本 1021 人,专科 3129人;文科一本上线 35 人,二本 150 人,专科 926 人。总体上看,文、理尖子群体小、竞争实力不强,校际间学科平均分相差较大、综合科目相对薄弱,保理强文的任务还非常艰巨。与临渭、韩城、蒲城、澄城等县、市比较,还存在一定距离。因此,全体科任教师、班主任和学校领导要针对检测情况,客观、细致地分析考情、学情,通过与过去比、与兄弟学校、兄弟班级比,明确优势和不足,进一步吃透底子。胜者不骄,弱者不馁。要立足学科、立足班级、立足学校,放眼全县,清楚位次。用真实的分析结果来确定切合实际的复课思路和措施,使后一阶段的复课备考工作更具有针对性和实效性。

依据高考新变化,认真研究复课对策。去年,3十X高考对我们来讲,是第一次接触,随着高考制度改革的进一步深入,"3＋X"高考将会有改进。面对今年高考出现的新情况、新变化,学校要从思想上引起高度重视。要通过网络、信息会、专家点评等途径,及早收集梳理新信息、新动态,准确把握高考总体走势,积极采用应变措施。一是要遵循教学大纲、考试说明和高考的新变化,充分发挥教研组、学科组、备课组的教研教改阵地作用,多形式、多层次开展研究课、公开课、示范课教学活动,全面理解和把握新一轮"3 + X"改革的基本内容和精神实质。二是要针对英语听力成绩计入总分这一变化,要充分利用一切可以利用的时间、场所、形式,诸如开设班级英语听力角、校园英语广播站、英语对话园地等,抓早、抓紧、抓实考生英语听力教学和训练,努力抢抓高考英语听力主动权。三是要针对计分办法的变化,对有偏科的尖子学生要积极培养和教育。在研究推进对策时,要将这些考生列入重点培养名单,在加强考生薄弱学科教学的同时,要竭力呵护优势学科,使优势更优。要努力使更多的偏科尖子生在后一阶段强化训练中,进入优秀群体,在今年的高考中超常发展。

层层动员,调动各方面的积极性。现在距离高考仅有百余天,复课备考工作已经进入关键时期。今天会议之后,学校要迅速召开好"四个会",一是开好领导班子会。领导班子成员特别是校长要认真研究今年高考的新政策,找准学校复课备考的优势和薄弱方面,选准主攻目标,理清思路,研究对策,部署好工作。二是开好班主任及科任教师会。要使大家进一步明确任务,落实责任。动员大家动脑筋,提建议,添措施,精心安排好各学科、各班级的复课备考工作。三是开好学生会。对考生要加强前途教育、理想教育和遵规守纪教育,使学生在教师的指导下,正确把握复课策略,全身心地投入到紧张的复课备考中去。四是开好家长会。向家长通报学校的整体复课思路和阶段安排,取得家长的支持;向家长通报子女在校的学习情况,取得家长的配合;向家长讲清子女的身心状况和发展潜力,取得家长的关爱和帮助。

学校要充分利用黑板报、校园之声广播、高考倒计时牌、专题讲座等多种形式,广泛深入地做好宣传动员工作,激发和培养全校师生顽强拼搏、分秒必争、积极向上迎战高考的精神状态,营造浓厚的复课备考氛围,通力合作打好攻坚战。

以常规为本,靠常规取胜。落实常规教学是提高教育质量的根本保证,在紧张的高考复课备考工作中,加强常规教学显得尤为重要。每个科任教师都要坚持备好每一节课,教法设计、学法指导、训练重点难点的确定,都要结合学科特点和学生实际,不能打无准备之仗。要坚持上好每节课,在培养学生分析问题、解决问题的能力上下工夫,切实保证课堂教学45分钟高效益。要坚持搞好平时的作业练习和每一次练兵检测,评改要及时、准确,弱项、重点要突出强化,真正达到练习一道题,掌握一种技巧和方法,训练一套题,整体提高一个档次的目标。后一阶段复课备考中的备课、上课、作业批改、课外辅导、检测分析等教学环节要严格遵循《富平县中小学教学常规管理基本要求》,学校对各教学环节都要有具体要求,并切实加强督促检查,及时反馈检查结果,有效指导复课工作。

立足学科,强化综合。"3+X"中"X"内容的核心重在能力和素质的考查。综合科,首先是学科内综合,其次才是跨学科综合,其命题基本遵循各学科科目的主干面貌和跨学科综合"拼盘"结构逐步缩小的特点。所以,强化综合科目训练的中心任务是要切实加强单学科教学,要在单学科复习打牢基础的前提下,搞好单科知识的综合性理解和运用能力的培养,实现学科内综合,然后将侧重点集中到跨学科综合上来。为了切实落实综合科中各学科教师的责任,教育局决定在四月、六月分别组织一次理、化、生、政、史、地六个学科的全县统考,考试成绩要作为教师改进教学的重要依据,要作为学校考核教师工作成绩和高考质量的重要依据,要作为学校高考奖励的重要依据。学校要充分发挥文科综合、理科综合备课组的作用,坚持经常性的开展备课研讨活动,群策群力探索跨学科综合的复课策略和学习方法,切实加强考生跨学科综合能力的训练。同时,要突出"能力立意"命题指导思想,坚持理论联系实际的原则,引导学生关注我国和世界文化、经济、科技、教育、社会发展的热点、焦点及重点问题,拓宽考生视野,提高考生运用知识、迁移知识和解决实际问题的能力。

强化实验,夯实技能。实验教学是培养考生动手能力、实验技能、创新精神和实践能力的重要途径和手段,也是"3+X"考试检测的一个侧重点。学校领导要高度重视实验教学,要充分发挥现有实验设施设备和仪器的作用,在现有条件下能开出的实验要全部开出。要舍得花钱,克服困难,购置实验教学所急需的仪器设备。要主动采取多种形式、多种途径,或借、或买,全力保证教材设计的所有实验项目,特别是科学家的经典实验等,要能保证其正常进行。任课教师要立足高考对实验能力的要求,把动手实验与观看实验教学录像片相结合,为考生创设实验情景,提供知识迁移条件,力争在短时间内使实验教学的薄弱现状得到最大限度的改善。

分类推进,重点突破。建立以班主任为核心的分类推进机制,是我县近几年复课备考工作的成功做法和经验。今年,各校要在继续坚持这一机制的基础上,深化分类推进工作,重点抓好以下两个方面,一是要搞好专科档次上有较大潜力考生的推进提高,壮大本科考生队伍。二是要重推尖子生,把尖子生群体做大做强,力争有一批优秀学生进入全国名牌大学和重点院校,实现高考质量的新突破。学校领导要实行包班制,落实推进责任。班主任要配合学校选准推进对象,落实推进时间、推进场所和推进教师,做好推进的组织、协调工作。科任教师要密切配合班主任,坚持包科包学生,同心协力打好总体战。

加强训练,提高考生应试能力和身心素质。高考既是知识和能力考试,又是对考生生理、心理素质的考查。因此,在后阶段复课备考工作中,一是要通过"讲、练、考、评、改"等方式,强化知识素养与能力的训练,使所有考生特别是专科线上考生对知识的整合和迁移,方法、原理、规律的归纳,概念的辨析等方面实现新的突破。二是要在情绪、意志、思维方式等心理素质和身体素质上加强对考生的指导和训练,要重视学生的体育锻炼,要用良好的心理和生理素质激活考生的应试潜能,提高应试能力,力争使每位考生在正常的生理、心理条件下发挥出最佳水平。

关心教师,加大奖励力度。在紧张的复课备考工作中,高三教师是高考质量的主要锻造者。学校领导要熟悉每一位教师,信任他们、关心他们、尊重他们,用多种方式去激励教师,特别是结合学校实际,制订和出台向高考倾斜的政策和措施,同教师理顺关系,理和气氛,理畅情绪,充分调动每一位教师实现人生价值的热情和愿望,"理"出心情舒畅、共谋发展、同创佳绩的复课备考工作局面。学校在复课备考工作中要开展树立名师活动,要以名生推出名师,以名师推出名校,以名校带动发展。

在坚持"重奖应届,兼顾补习"的前提下,县局将加大高考奖励力度,在原有的奖励基础上,今年将对有考入名牌大学学生的学校、班主任和教师进行重奖。四月份,县局要对奋战在复课备考一线的领导和教师进行慰问。

学校在加大高考奖励力度的同时，要对在高一、高二年级学科竞赛中成绩突出的教师实行重点奖励。

切实加强对高考复课工作的领导。校长和班子成员，既是复课备考工作的指挥员，又是服务员，也是战斗员。都要从讲政治的高度，从满足人民群众根本利益的高度，充分认识后一阶段高考复课备考工作的重要性。要紧紧围绕高考，牢牢抓住高考，全力服务高考，切实加强对复课备考工作的组织和领导。一是要及时调整自身指导、组织复课备考工作的方法和策略，当好指挥员。二是要集中精力、集中时间、集中人力、集中财力，心往一处想，劲往一处使，切实为高考复课备考做好服务工作。三是要树立继续保持和提升高考位次的目标意识，要凝聚教导处、政教处、教研组、总务处、团委和工会等方方面面的力量，真正构建起团结一致、齐抓共管的复课管理格局。四是要深入教学第一线，扑下身子，走进课堂，与教师一起听课、评课、研究教学，及时地解决好复课备考中的热点问题及难点问题，当好战斗员。五是要立足落实"两个常规"，突出复课备考主题，加强对教师和学生的管理，为创设良好的复课秩序当好服务员。

学校在抓好高三复课备考的同时，也要抓好高一、高二的教学，为来年的高考奠定基础。

同志们，现在距离高考仅有百余天，时间紧，任务重。让我们面对机遇和挑战，面对希望和困难，更加紧密地团结起来，心怀高考，肩挑重担，狠抓质量，以开拓进取、不断创新的毅力和决心，知难而上，奋发有为，共创2002年高考的新辉煌！

谢谢大家。

面向市场　加快发展
努力开创我县职业教育新局面

同志们：

在全省各地认真学习贯彻中省农村教育工作会议精神，不断深化基础教育改革的新形势下，我们在这里召开2003年职教招生工作会议，总结安排今明两年的职教招生工作，表彰奖励在职教招生工作中成绩突出的先进集体，下达明春各单位的招生任务，这次会议既是2003年我县职业教育工作的总结表彰会，也是2004年职教工作的动员会。2003年我县教育事业在渭南市创造了高中教育快速发展，特别是校舍和基础设施建设成为渭南之最的辉煌业绩。2004年县局将把职业教育发展放在重要位置，我们选择在新的一年即将到来之际，召开这样一个会议，首先研究2004年富平职业教育工作，是有重要意义的。刚才崔股长就2004年的职教工作已经讲了很好的意见，希望同志们回去之后，认真抓好贯彻落实。下面，我就职业教育如何面向市场、加快发展再强调以下几点：

一、面向市场办学，搞活职业教育

中省最近召开的农村教育工作会议，把职业教育发展摆在了非常重要的位置。职业教育已经引起了县委张书记、政府贺县长两位一把手的高度重视。县委、县政府出台了《关于加快县域经济发展若干重大问题的决定》

《关于进一步加强劳务输出工作做大做强劳务经济的若干意见》两个重要文件,把大力发展职业教育,强化劳务输出新兴产业作为今后几年县域经济发展的战略性措施。我国改革开放二十多年,综合国力、经济总量都得到了突飞猛进的发展,但不可否认,农业、农村、农民问题即"三农"问题在国民经济发展中形成了比较突出的结构性矛盾,农业发展缓慢,农民增收困难,大量农村剩余劳动力急需转移,但转移前的职业技术培训就成了职业教育必须承担的一项重要任务。这就提出了一个问题,在市场上需要什么样的劳动力? 具备了什么样的技术,市场上才能吃得香? 这就叫面向市场。只有面向全国劳动力市场的需求和发展需要,发展职业技术教育,职业教育才有出路,才有活力。我们必须明确,上职中的学生,就是来学技术的,学能挣到钱的技术。一所初中,或者说一个村子有几个上职中学到了技术,挣到了钱的学生,这个宣传作用是非常大的。学生上学就是为了将来挣钱,并且"短、平、快",这就是职教招生的"入口"和"出口"问题,所以,各职中要花气力开门办学,面向市场办学,这是解决职业教育招生历史形成的"疑难杂症"的治本之策。职业教育是全县教育事业的重要组成部分,加快我县职业教育的发展,不仅是中省大政方针和县委、县政府对我们的新要求,也是我们教育系统各级领导干部义不容辞的责任。县局对发展职业教育的认识是明确的,对抓好我县职业教育也是有信心和决心的。在这个问题上,我们各视导室、教育组、初中、职中的领导同志都应该与教育局保持认识上的一致,行动上的统一,齐心协力把富平职业教育搞上去。

二、围绕市场需求,发展优势专业

我县几所职中设置了二十几个专业,其中的烹饪专业、缝纫专业、建筑专业、中西医专业、幼师专业历经多年市场考验,久办不衰,但却明显存在着专业规模太小，骨干专业不强，优势不明显的问题，拿烹饪专业来说，十几个学生，几乎到了快要办不下去的地步，但北京、广州、宁波、温州等地的烹饪人才在市场十分抢手。渭南的普田、西北新世纪、扶贫技校等几家民办职校的烹饪专业学生已到了爆满的地步，美原片的好多学生跑到渭南学烹饪，他们为什么要舍近求远？这说明人家有办学方面活的机制、活的方法、活的政策，那我们为何不能围绕市场、立足改革，像渭南职业中专那样搞专业承办制？我们各职中校长，要研究这方面的问题，要在专业设置、办学方法、学制长短、就业安置办法、学校内部利益分配等方面大胆尝试，把办学指导思想转到能招来学生，学生毕业能挣到钱，用人单位满意这方面来，学校的各种政策都要围绕这三方面去制订。各校都要在发展优势专业，强化骨干专业方面花气力，下工夫，这方面工作做好了，再加之教育局促进招生的各种政策，职教招生的"入口"才能畅通。

三、全力抓好招生工作，全面完成 2004 年招生任务

招生工作是职教工作中的重中之重，招生情况是职业教育办学水平的综合反映。县委、县政府今年以来在抓劳动力转移工作中力度很大，对职业教育服务劳动力培训和转移寄予厚望，我们必须毫不动摇地坚持职教大发展的方针，毫不动摇地强化招生政策，毫不动摇地坚持普职协调发展的方针。前不久，县局调整充实了职中学校的领导班子，最近几所职中的工作有明显起色，面貌变化很快。相信经过各职中新领导班子的共同努力，我县职业教育一定能在短时间焕发新的生机和活力。职教招生困难很大，各职中、各教育组和各初中都要认清形势，把职教招生宣传动员工作的责任落实到每一个人，坚决反对那种不务实的只布置、不检查、不督促、不落实的形式主义。从刚才职教股通报的今年各校的招生情况看，为什么临近城区的几所

初中中考升学率高,职教招生也都超额完成了任务,而我们相当一些乡镇初中,中考没考上多少学生,职教招生任务还完成的差。我看这关键还是个认识问题,是领导重视不重视的问题。抓好职教招生特别是春季招生,不仅可以很好地解决职中的生源问题,促进我县职业教育的发展,而且可以较早地分流初三考普通高中无望的学生,缩短中考战线,有利于提高中考质量。今年各初中校长一定要真正重视这项工作,要实实在在地做出成绩。今后初中校长给我汇报工作,一是汇报中考质量,二是汇报职教招生,一所初中办得如何,应该从这两个基本方向来衡量。我们既要抓好优秀学生的培养,也要解决好学习较差学生的出路问题,这就叫对学生负责,向人民群众负责。各乡镇专干和各片视导员都要加强对此项工作的督促检查,要采取有力的工作措施保证把此项工作抓上去。元月5日以前,今年完成任务情况为全县最后五名的初中校长,要写出深刻的书面检查交刘登科局长,今年职教招生任务完成处于全县最后五名的教育组,年终责任目标考评实行一票否决。2004年,我县职教招生的政策力度要继续加强,奖罚政策力度不减,刘局长和局职教股要继续抓好职教招生专项考核工作,要严格实行目标管理,层层落实责任,要形成制度,此项工作必须奖罚分明,要调动方方面面的积极性,千方百计完成2004年职教招生任务。

同志们,面向市场,加快发展,全力开创我县职业教育工作新局面,是摆在我们大家面前的一项十分光荣而艰巨的重任。让我们坚持教育创新,狠抓职教招生,努力实现普教职教协调发展,共创富平教育的辉煌!

谢谢大家!

当官与做人

　　说实话,我这个局长当得很不理想,但我时刻要求自己当个清清白白的人,宁肯让人说自己本事不佳,也不落贪官的骂名。

　　富平是个大县,教师队伍八千多名,各级各类学校领导班子成员也在500名以上。每年要求调动,希望提拔,想安排子女就业的人数不胜数,请吃送礼,拉关系,托人办事的肯定不少。因此我去教育局上班之前,同妻子商量,定了一条家规:在家不能接待任何一个教育系统的人,不能接受任何人送的礼品,家中成员不许参政、说情、提任何特殊要求。到教育局后,第一次全系统领导大会上我就讲:"今后找我谈工作、说事情一律到办公室找,任何一个同志都不许去我家去找,因为你是找王局长,而不是王忙寿,在家里我就不是局长了,我是王忙寿。"我是这样说的,也是这样做的,我任局长这五年期间,教育系统及全机关的同志没有一个人能叫开我家门进我家去的,有一年春节,我的一个学生春节回来看我,也没叫开我家门(当时妻子一个人在家),2006年我退下来后,一位在岗的老校长想来看我,电话中说:"现在你不当局长啦,还不叫人看一下你家是啥样子的?"我笑着对他说:"这一下,家里对外开放啦,兄弟们可以来谝闲传啦!"

　　流曲高中一名教师,因爱人在庄里一所初中教书,家里老人又多病,加上孩子上学,他想调到立诚中学去教书,暑假来局找我时,我不在办公室,他便在门下塞进去一个信封,我回到办公室一开门,看见信封,打开一看,里面装有一封调动申请,另外还有两千元,我将申请留了下来,把钱装进信封,交待局纪检室同志让给送去,并要求给予解释,后来经过了解家庭确实有困难,我征求两个校长意见后,给这个同志办理了调动手续。

县上一位农村干部,想让把自己的妻弟由主任提拔为校长,到我家去找我,因叫不开门,便给我家门口放了一箱西凤酒,上面还留了一封信,上面写着他想办的事和他的地址和姓名,我下班回家到门口看见后,立即通知局纪检室同志将东西带走,并安排两个同志送到该同志家中,还要求去送的同志为此事保密,不要让当事人脸面过不去。此事后,我经了解他让提拔的同志工作并不突出,因而我在职期间一直没有提拔。

我有一个老同学,安分守己,忠厚老实,有一年他一个亲戚孩子中师毕业,想安排在教育系统,分配到离家近一点的学校,找我帮忙,我一问,是在当年安置的政策范围内,答应到时候给他办,谁知他不放心,过了几天给我送来几斤绿豆,还送来一个厚厚的信封,他结结巴巴地说:"是家长一点儿小意思。"我对他说:"老同学,你这不是小意思,你这是降低我的人格,太看不起我了,你赶快拿走。"他说:"你的脾气咋还是那样?"后来勉强将绿豆留下,钱让他带走了,他走后,我的心情久久不能平静,我想社会上的不正之风把这么老实的人也逼得给人行贿,真是可悲可叹!

我到教育局之后,一次下乡开会,会议结束后,当地学校领导给我车上装了几箱水果,我看见后没有给面子,当面叫把水果端了下来,我说:"今后领导下乡,不许给带礼品,你们把工作搞好,就是给领导最好的礼品。"此事传开后,再也没有基层给县局下乡领导带礼品了,局机关同志也再没有人敢收基层送的礼品了。

我不是没有情谊,不讲情面,我在教育局工作期间,借下乡机会看望了不少退休的老领导、老教师,也给不少骨干教师解决了夫妻两地分居和家庭困难,同志有困难只要我知道,都安排工会调查,并及时给予补助,有一名患病的老教师当拿到工会送的补助款时说:"我没找领导,他咋知道我的困难?"工会的同志说:"你的事局长亲自做了安排。"机关同志、基层领导家里儿女结婚、老人安葬我都去过问,但从未吃过一家的宴请,他们叫我时我对他们说:"我忙的真没时间,请谅解。"退下来后,不少老同事、老部下给儿女结婚邀请我去参加,我都尽量到场,见面后,他们常说:"过去你在位时,人们都害怕你,现在大家还都想念你,有啥事都想邀请你参加。"我认为要当好一个好官,先要当一个好人,当官是一阵子的事,而做人是一辈子的事,一辈子当一个好人要比当好官难得多。

二线工作

我于2005年10月因超过规定年龄而退出一线,开始了退居二线的生活,早在2004年10月,我已到了县上规定的正科任职年龄(53周岁),我去找县委张建中书记,要求自己退下来,让年轻人去干,张书记说:"老王,你先别想着歇,教育系统这么大的摊子,你这几年搞得很好,我也用不上多操心,你先干着,等组织考虑好后再说。"这样一拖就是一年,第二年春,张书记调到市人大

和渭南市督导室同志留念

去了。这年高考结束后,我又去找新上任的贺韧书记,请求退下来,贺书记说:"教育局是个大局,你这几年没少为富平教育出力,从高中校长到教育局长辛勤工作二十多年。组织上一定要把你

的事安排好,再考虑你退的事。"十月十八日组织决定让我从局长位置上退下来,担任富平县人民政府督学,2006 年渭南市政府又聘任我为渭南市人民政府督学。兼任陕西省素质教育学会常务理事。2007 年 11 月,又兼任民办学校蓝光中学党支部书记,从而丰富了我退居二线后的生活。

走上督学战线,谱写老兵新传

2005 年 10 月 18 日,县委组织部宣布我不再担任教育局长职务,任命为富平县人民政府专职正科级督学。2006 年渭南市人民政府又聘我为渭南市人民政府督学,这样,我又走了督学战线,主要参与学校教育督导评估工作。

督导评估

教育督导评估是教育督导部门的基本职能,是依据有关教育的方针、政策、法规和教育目标,对教育管理水平、教育质量、办学效益及其相关因素进行系统评估和价值判断。其目的是督促政府及其有关职能部门依法行政,履行职责,深化教育改革,优化管理和教育目标的实现;督促和指导学校贯彻执行有关教育的法律、法规、方针、政策、遵循教育规律,深化教育改革,优化学校管理,实施素质教育,提高教育质量和办学效益;引导社会和家长用正确的标准评价学校,关心和支持教育事业的改革和发展。

　　县以上教育督导机构都设相应的专职督学和兼职督学。督学一般都具有大本学历或同等学力,有十年以上从事教育工作的经历,熟悉教育教学工作业务;熟悉国家有关教育方针、政策、法规,有较高的政策水平;能深入实际,联系群众,遵纪守法,办事公道,敢说真话。

　　2009 年至 2011 年,在渭南市学校发展水平督导评估 316 工程督导评估工作的三年间,评估组对全市高中学校发展水平进行了全面的督导评估,评估组依据《渭南市学校发展水平 316 工程普通高中指标体系及评估细则》对学校发展水平从办学方向、办学经费、办学条件、教师队伍建设、学校管理与教育教学、教育教学质量六个方面;二十八项二级指标,九十七项三级指标进行全面的评估,评估方法采用了听取汇报,随机走访和召开教职工、学生、家长及社会各界人士座谈会,查看各种档案资料,随机听课,实地查看办学条件,周边环境等形式,客观公正地进行评估。评估组成员大都是退居二线,从事多年高中教育教学管理的老校长、教研室主任和部分在职校长,我属年龄最大且从事高中教育时间最长的。我们之间相互尊重,工作认真细致,每到一校,便深入到学校各个角落,查阅全部档案资料,注意挖掘学校发

138

展的内涵和教育教学管理的亮点,同时客观地指出学校存在的问题和不足,提出建设性的建议和意见,三年间,几乎跑遍了全市所有高中,给我留下的总体印象是:在近几年省市标准化高中创建中,各校办学条件明显改善,在教师队伍建设、学校教育、教学方面也有不少闪光点,但也存在诸多不足,如:学校普遍欠债,有的高达几千万,学校还没能走出应试教育的圈子,体、艺教育普遍被忽视,新课改没有全面展开素质教育任重道远等等,这些都有待于改进和提高。

任职督学六年来,我的主要体会是:

(1)督学不仅要说真话,更要说"有水平的真话"。敢于直言是督学的本色。

(2)督学除敢于直言外,还要有学识。要站在教育高度,研究大问题,进而提出有价值、有水平、高层次、高质量的建议,"每一项建议都要对人民负责。"

(3)身为督学,要广泛调研,深度思考,了解教育界一些本质关键的问题,并提出有操作性的建议。

(4)督学应定位在:善于独立思考、勤于调查研究;精于洞察事物,敢于提供不同意见,任其职必尽其责,有职责就应有作为。

我一生和教育结下了不解之缘,现今虽已退休,但仍任市人民政府兼职督学,负责富平高职中责任督学工作,我决心在督学战线当好一名老兵,多干实事,用实际行动写好老兵新传。

支持民办学校的发展

民办教育是我国教育的组成部分,民办教育的发展对于深化教育体制改革,促进教育事业发展,满足人民群众日益增长的教育需求起到了积极作用。

2007 年,县上在财政困难的情况下,为了拉大县城框架,加快城市化步伐,解决城区及进城务工人员孩子上学难的问题,决定让蓝光教育集团董事长李升荣先生出资在县城南边建一所占地 300 亩的民办寄宿制完全中学。2007 年 5 月动工,计划 2008 年秋开学,并将此工程列入当年渭南市重点工程之一。

这年 11 月,在县上几位老领导的建议下,应蓝光教育集团董事长李升荣先生邀请,我被聘为新建的蓝光中学党支部书记,初去主要是负责新校区教师队伍组建和准备新校区开学工作,2008 年九月开学后,学生达到 3000 多名,教职工达到 200 多人,新校区开学后,我主要负责学校党建和教师队伍建设工作。在党建方面:我主要抓了学校党团组织的组织建设和思想建设工作,三年间 25 名师生加入了党组织,学校党员发展到 87 名,先后有近五百名师生申请加入党组织,办起了入党积极分子培训班,注重发挥党员在学校各个工作岗位上的模范带头作用。2009—2010 年学校党支部先后两次被评为市县非公有制经济单位创先争优先进党支部。在教师队伍建设方面,我主要抓了教师队伍的思想建设和新聘青年教师的角色转变与业务提高,"教师

140

是学校的核心,有名师才会有名校"。我抓教师队伍建设的基本思想和理念,主要渗透在我在学校不同层面的几次会议的讲话中,我把这些讲话抄录出来,以便和大家交流,学习。

在学校庆祝第二十五个教师节表彰会上的讲话

各位老师:

九月,是收获的季节,因为我们曾经付出耕耘;九月,也是播种的季节,因为我们对未来充满希望和憧憬。身为教师,在金色的九月总能在莘莘学子的深情问候里引起我们对教育生涯的美好回忆,总能在尊师重教的暖风吹拂中感悟人生的价值,总能在科教兴国的热切呼唤中增添激情和力量。今天,我们欢聚一堂,庆祝第二十五个教师节,感受身为教育工作者的幸福和自豪。我代表学校领导班子向全体同志,向你们以及你们的家人表示节日的祝贺和亲切的问候。并向在今天会议上受表彰的先进个人表示祝贺。感谢大家一年来对学校工作的关心和支持。

教师节已经走过了二十五年历程,二十多年来,伴随着伟大祖国改革开放和现代化建设的阔步前进,教育事业呈现出蓬勃发展的大好形势,教师的社会地位和待遇日益提高,我们学校也不断发展壮大,身为教师,我们越来越感受到来自四面八方的尊重和羡慕的目光,教师已经实实在在成为令人羡慕和向往的职业,我们应当为自己是一名教师而感到骄傲和自豪,也应当为自己是一名教师而感到幸运。选择教师,无怨无悔。

教师职业是神圣的,教师不是演员却有固定的忠实观众和听众;教师不是雕塑家,却塑造着世界上最珍贵的艺术品,教师不是明星,但教师身上凝聚着众多学生滚烫的目光。"人类灵魂的工程师"这一高度的概括,使我们懂得了教师职业的内涵,懂得了教师应该是:"真的种子,善的信使,美的旗帜,爱的化身"。百年大计,教育为本,教育大计,教师为本,迎着新世纪的曙光,适应未来新信息时代、高科技时代和宇宙空间时代的需要。各国普遍将教育视为头等重要的事业,未来世界竞争的本质上是人才的竞争,而人才的竞争取决于教育,教育的成功与否以及它在一个国家的发展中所起的作用如何,最终取决于作为教育主体力量的教师,这是当代国际社会已经形成的共识。近年来,教育市场竞争激烈的形势下,我校教师同心同德。拼搏奋斗,锐意进取,外树形象,内练真功,广大教职工爱岗敬业,无私奉献,涌现了一批具有过硬业务素质和在学科教学中能够独当一面的骨干教师,这是我校教育事业发展和教学实绩取得突破的重要原因。也使我校的社会声望不断提高。

　　随着事业规模扩大,学校近两年新进了数百名教师,为学校的发展注入了新的活力,成为学校实现新目标,实现新跨越的主力军。应该说我校教师队伍整体素质是过硬的,同时,我们应该清醒地看到:我校教师队伍仍然是一支处于成长中的队伍,迅速提高师资队伍素质,形成骨干教师群体,培养造就一批名师,是我校当前和今后相当长时期面临的迫切任务,为此,我代表学校向老师们提几点希望:第一,热爱教育,热爱学生,增强事业心和责任感。教育是一项神圣的事业,只有具有崇高的事业心和责任感,工作起来才有源源不断的动力,学生使教师的生活快乐而充实,学生使教师充满了不断前进的动力,把爱献给学生,是教师最大的幸福,爱是人类力量的源泉,是教师最大的幸福,爱是人类力量的源泉,是教育取之不竭的能量,每个教师都要视学生,如儿女,如亲人,洒向学生都是爱,才能创造教育的奇迹,投入教育都是情,才能成就伟大的事业。第二,进一步确立先进的教育理念,特别是树立创新教育理念,知识经济,创新意识,对于我们二十一世纪发展至关重要,观念上的落后是真正的落后,观念上的差距是最大的差距,每个同志都要注重观念上的更新,树立先进的正确的教育观、教学观、学生观、改革观、发展观、价值观、名利观、做有先进教育思想的教师,有了全新的教育观念,才能适应新课程的需要,才能适应教育教学改革的需要。第三,提高师德水平、端正教育行风。"学高为师,身正为范",我们要进一步加强师德修养,提高政治素质和道德情操,教书育人,为人师表,这是各级领导和社会各界对我们的要求,也是我们自身发展的要求。我们要提高认识,使自己成为政治过硬、品德优良、职业道德高尚的教育工作者。第四,努力学习,善于学习,不断地充实和提高自己,信息时代,知识更新的周期越来越短,"十年寒窗,终身受用"观念已经过时,而且意味着只要停止一段时间的学习,就将成为信息社会的"功能性文盲"。我们要在瞬息万变的信息社会中生存发展,就必须不断学习,不但要自觉努力学习,更要善于学习,积极投入到继续教育的洪流中去,充实提高自己,提高竞争能力,在知识更新周期日益缩短的今天,优秀教师之所以优秀,骨干教师之所以成为骨干、首要条件是努力学习,善于学习,目前,我校的发展仍然处于上坡时期,起步阶段,我们面前有大好机遇,更面临严峻挑战,广大教职工要积极为学校的发展献计献策,出力流汗,为实现我校新的跨越式发展,做出更多的贡献。

各位老师,教育是一项事业,事业的价值在于奉献;教育是一门科学,科学的价值在于求真;教育是一门艺术,艺术的活力在于创新。振兴民族的希望在教育,振兴教育的希望在教师,振兴蓝光中学靠的是在座的各位。让我们牢记教师的光荣使命,自觉贯彻党的教育方针、学为人师。行为示范,认真做好本职工作,为我们教育事业的发展和社会主义现代化建设作出积极贡献,为把我校建成省内一流学校而努力奋斗!

　　最后,祝大家节日快乐,身体健康,万事如意,谢谢大家!

在学校新聘教师培训会上的讲话

各位教师：

首先我代表蓝光中学党支部、校委会对各位新老师的到来表示热烈的欢迎；同时向大家致以真诚的祝愿，祝大家在蓝光教育的园地里大展宏图，实现自己的人生价值！

非常高兴今天能和诸多青年老师在一起，我深感新生力量是非常可贵的，因为新生力量昭示着希望，预示着未来，孕育着新的潮流和方向。今天，在这里和各位新老师交流，我非常乐意，因为在三十多前我也曾经作为一名新教师走上教师的岗位，也同样经历着从学生转换为教师的心情，这一刻非常重要，这一转折非常必要，这一转折也非常关键。

今天，在这个培训会上，我向大家提几点要求与希望：

（一）调整心态，转换角色，尽快适应新岗位，迈好踏入社会的第一步

心态决定一切，态度决定一切。希望大家要有柳树的精神，要像柳树那样，到哪里都能活，而不能怨天尤人。要学会及时转换社会角色，尽早进入状态。从今天起，你们就由学生变成了老师，由父母眼中的孩子变成了真正的社会人，希望你们的心理也能随着角色的改变尽快地成熟起来，能真正担负起老师的责任。学生的行为具有模仿性，而教师的行为具有教育性。要清楚自己的主要任务不再仅仅是学习，还要承担教书育人的责任，不要忘记"教师的行为就是教育的行为"，在学生时代，只要考虑自己的行为是否符合

法律,是否符合社会道德就行了,而现在,还要考虑自己的行为会对学生产生什么样的影响,自己的行为是否有损于教师的形象。正可谓教育无小事,事事皆育人。

(二)勤于实践,迈好坚实的第一步

业精于勤而荒于嬉,从教师成长的规律看,教师参加工作的最初几年是成长的关键阶段,"良好的开端是成功的一半",最初的几年是教师教育教学行为习惯形成的时期,在此期间迈好坚实的一步,对以后的发展将有决定性的作用,因此作为新教师,一迈上工作岗位,就要以一种认真的态度对待自己所做的每一件工作,苦练基本功,特别是教育教学基本功,要勇于实践,做到四勤。

1. 勤学习。古人云:学,然后知不足,教,然后知困,知不足然后能知反也,知困然后能自强也。学无止境,对教师而言更是如此,我们要有终身学习的意识,善于挤时间学习,把自己培养成一名学习型、实践型的教师。理论知识的学习绝不能放松,不要以为自己刚从师范院校毕业,学习的事可以稍微放一放了,事实上我们所学习的知识与我们所从事的教育工作的要求相比还相差很远,那种自以为是的想法和懈怠的情绪是万万要不得的。除了学习理论知识,实践知识的学习也要抓紧。教育是有个性的创造性活动,它不仅需要扎实的理论知识,更需要大量的实践知识、技能知识,这些知识的获得需要在教学实践中去不断探索、总结、反思,需要付出艰苦的劳动才能得到。

学习的途径是多方面的,一是向书本学习,要结合自己的工作实践,阅读相关的理论书籍,使自己的教学实践始终在正确的理论指导下进行,当前尤其要学习课程改革方面的一些知识,要通过课程改革知识的学习,更新自己的知识结构,形成新的教育理念,二是向名师学习,要善于挤时间、抓机会向一些优秀的教师学习,观看他们的课堂教学,阅读他们的教案,博采众长,为我所用,逐步形成自己的教学风格。三要向同事学习,"三人行,必有我师",我们身边的同事,积累了丰富的教育教学经验,我们要虚心地向他们请教教育教学工作中碰到的一些难题。四是通过参加各种培训来学习。

2. 勤思考。要经常对自己的教育教学行为进行反思,思考成败得失,始终使自己的思维处于激活状态。只有这样,我们才能及时发现自己工作中存在的不足,找到解决问题的对策,也才有可能使自己尽快成熟起来。

3. 勤探索。我们要把自己培养成一个研究型教师,而不是一名教书匠,要善于学习和借鉴一些先进的教学方法,大胆在自己的教学实践中加以运用,不能墨守成规,故步自封。要进一步明确自己在新课程改革中的角色定位,尽快地融入新课改,尽快地成为一名合格的教师,要始终使自己走在教育教学改革的前列。

4. 勤总结。我们要在不断对自己教育教学进行反思的过程中,及时记录自己的所思、所感、所悟。要结合自身的教学实践,撰写教育故事。教学案例,经验总结和教学论文,边学习,边实践,边思考,边探索,边总结,边提高。

(三)加强师德修养,塑造自己的人格魅力。

师德对学生的心灵有着巨大的震撼力和影响力,它是教师素质的核心部分。"德为师之本,师者德须高"。作为教师,首先必须是一个知识渊博的人,其次,必须是一个有良好道德修养的人。加强师德修养是教师道德人格

147

不断完善的需要。常言道,学高为师,德高为范,教书育人,教书者必先学为人师,育人者必先行为世范。师德是教师最重要的素质,是教师之灵魂,作为刚参加工作的新教师,从走上工作的第一天开始就要重视加强师德修养,努力把自己塑造为师德高尚的人,我想我们应当从以下几方面做起:

第一,在内心深处,我们要感到教师职业内在的尊严与幸福。让自己有价值、有尊严地活着应成为我们的职业立场,只有这样朴素而平凡的教师生活才会变得充满精彩与挑战,这就是教师独有的享受。也只有这样,教师职业才能真正成为令人美慕和富有内在尊严的职业。

第二,在实际工作中,要树立良好的师德形象,高标准、严要求地规范自己的行为。记得法国作家卢梭说过"榜样!榜样!没有榜样,你永远不能成功地教给儿童以任何东西。"法国作家罗曼·罗兰也说过:"要撒播阳光到别人心中,总得自己心中有阳光。"我们每个教师的师德就如同这里的"榜样"和"阳光"。俗话说,亲其师,则信其道;则循其步。喊破嗓子不如做出样子,所以说教师是旗帜,学生如影随形般地追着走,教师是路标,学生毫不迟疑地顺着标记前行。孔子说过"其身正,不令则行。其身不正,虽令不从。"我们教师若不是路标,你讲的道理再透、教育的形式再好、艺术性再强,都是无根之树、无源之水,无雨之云,无光之灯!每个教师的一举一动、一言一行、一思一想、一情一态,都清晰而准确地印在学生的视网膜里,心光屏上,这就是无声路标的示范性,这种示范性将在学生的心灵深处形成一股排山倒海般的内化力。没有什么比榜样更具有说服力了。教师工作的"示范性"和学生所特有的"向师性",使教师在学生心目中占有非常重要的位置,学生总是把教师看作学习,模仿的对象,教师需要从小事做起,从自我做起,率先垂范,作出表率,以高尚的人格感染人,以整洁的仪表影响人,以和蔼的态度对待人,以丰富的知识引导人,以博大的胸怀爱护人。只有这样,才能保证教书育人的实效,学生才会"亲其师、信其道"进而"乐其道"。

第三,我们要树立吃苦耐劳、辛勤奉献的敬业精神。大家选择教师这个行业,更多的是选择了一种职业,既然选择了,就应该把它当成自己的事业来做,首先要有诚心,在就业异常激烈的今天,教师这个职业是比较稳定的,相对那些还在为谋求一份差事而四处奔波的学生来说,大家应该有一种满足感,要珍惜这份来之不易的工作,全身心地投入到教育事业中来,贡献自己的聪明才智。除此之外,还要有恒心。"十年树木,百年育人"。教书育人是一个长期的过程,需要耐得住寂寞,经得起诱惑,潜心研究教学业务,不断提高教学技能,爱岗敬业,诲人不倦。三是要有爱心。要怀着"慈母心",从做人、求知等多方面去教育和关照每个学生。只有辛勤的付出,才能获得学生的敬重,获得社会的信任,才会实现自己的价值,成为一名合格的人民教师。

第四,我们要在真实的道德冲突中实现道德的发展。教师也是真实生活情境的个体,在那些复杂而难以取舍的道德冲突面前,有时候要做出正确的判断很难。但只有这样的真实经历,才能真正考验我们的道德。我只想说"德"是内心对自己的一个要求,底线高了"品"自然就高,一些失误往往就是降低了自己的底线。只有在真实的经历中,自己与自己对抗,师德素养才会有所提高。

第五,我们要坚持学习,不断丰富发展自己的精神世界。师德不是靠讲出来的,而是靠内心世界的充实、文化底蕴的提升、人格素养的完善。教师师德的提升,关键在于文化、艺术、心理、社会等诸多精神营养的植入。

各位老师,你们都很年轻,你们是蓝光教育的新生力量,蓝光教育的希望就寄托在你们身上,蓝光教育的新篇章需要你们去谱写,希望大家在今后的工作中认真学习。不断探索,大胆实践,尽快使自己由一名学生转换成一名合格、优秀的人民教师,在工作实践中不断探索教育的新规律,为创造教育的新辉煌作出自己应有的贡献。

最后,用四点来作为我今天讲话的结束语。第一希望大家,爱学习,永不满足;第二,能实干,务实实在;第三,善创新,永不言止;第四,求发展,追求一流。在座的同志能有多少可以成为教坛新秀、骨干教师、学科带头人,我很关注。我希望大家确立一个目标,既然当了教师,就要立志当优秀的教师,希望大家在成就一流教育的同时,也成就自己,殷切期望每一位老师能成为蓝光教育未来的希望。

　　张胜利同志同我先后在教育局、蓝光中学共事,听说我写回忆录,特意写了一篇文章,抄录如下:

王忙寿——一个干事业的人

　　王忙寿同志,我知道的比较早。上世纪80年代中后期,我先后在富平县教研室和县教育局工作。美原一带教育系统的人来县上办事,不少人常讲到美原中学有个年轻历史教师叫王忙寿,书教得好,班带得好,在美原学区很有影响。但我没有见过本人。

和原教育局副局长张胜利合影

　　见到王忙寿同志,是他到流曲中学刚任校长的时候。当时,我随教育局领导检查工作,在那简陋的兼有卧室的办公室,他一边扑打着上课时胸前落的白色粉笔灰一边与领导交谈。从中我了解到他接手的流曲中学面临许多困难:师生人心涣散,教学质量下降,经费十分紧张。但从他的言谈和肢体语言中,我能明显地感觉到他有改变现状的坚强决心,他整个人似乎充满着战胜困难、办好学校的勇气和活力。这次见面,时隔多年仍历历在目,尤其是他上完课后走进办公室那急急的身影和那落满白色粉笔灰的前胸。

没有想到的是,我以后曾两度和王忙寿同志共事。一次是在富平县教育局,另一次是在蓝光中学。在长达八年的共事中,他做了许许多多的事情,都实实在在地推动了富平教育事业的发展。其中的三件事,对我印象特别深刻。

第一件事是解决乡镇教师工资拖欠问题。

王忙寿同志是2001年4月到教育局任局长兼党委书记的。当时摆在他面前的问题比较多,乡镇教师工资长时间大面积拖欠,就是个突出的问题。那时全县有8000多名教师,乡镇教师6000人。这些人在乡镇所属的初中和小学工作,工资由乡镇政府负责发放。剩余的2000人在高中、职中和进校、教研室等单位工作,工资由县财政发放。那时全县有32个乡镇,除杜村镇外,其余31个乡镇程度不同的都拖欠工资,少则半年,多则超过一年。严重的是有7个乡镇的教师因工资拖欠而先后罢课。没有罢课的乡镇,不少教师生活困难,情绪消极,工作缺乏积极性,领导难于管理,制度无法落实,教育教学质量没有保证。

记得当时有不少教师在学校上灶都是从家里带粮,给学校交面。有一对青年夫妻在县城附近的一所初中教书,毕业时间短,工资低,又不按时发放,工作几年没有给家里用多少钱,结婚时家里兄嫂还花了钱。在学校上灶没钱交，又不便给兄嫂开口向家里要粮要面，小日子过得艰难。一次，女教师在教育一名调皮的学生时，当着班上学生的面说道："老师长时间拿不到工资，没有饭吃，还尽力给你们教好书……"老师眼含泪水诉说了自己的委屈。第二天就有好心的家长给老师送来了面。听到这件事，我们这些当时在教育局工作的人员，心里非常酸楚。

这个问题，那时在全国具有普遍性，不是个别县的问题。记得当时媒体的报道是，全国除北京和新疆外，其他省市区都拖欠教师工资。这个问题的出现有财政能力的问题，也有制度问题。"县乡分灶吃饭"的财政制度，加剧了这个问题的严重性和悬殊性。

不给教师发工资，要做好教育工作是不可能的。王忙寿同志到教育局后，下茬立誓抓的第一项工作就是解决教师工资拖欠问题。

首先召开教育专干会。他给专干下死任务，要求必须在短期内给教师至少发一个月工资，先解决教师的吃饭问题。在会上，他声情并茂地讲了乡镇教师的困难，向全体与会人员深鞠一躬，拜托大家一定要把这个问题作为头等大事抓紧抓好。

随后见乡镇长和书记。他几乎跑遍了全县的所有乡镇，见面之后摆问题，讲危害，谈办法，做工作。

接着见县委和县政府的主管领导、主要领导，说明情况，讲清问题的严重性和危害性，说服县级领导督促乡镇解决问题。

同时安排教育局领导和干部包乡镇，一方面催促乡镇解决问题，另一方面做教师的工作，引导教师通过认真工作来赢得问题的早日解决。

……

真可谓千方百计，千言万语，千辛万苦！

到当年5月底，全县除一个乡外，其余乡镇都给教师发了至少一个月的工资。剩下的那个乡在6月份也给教师发了工资。

乡镇教师在新局长到任1月后，基本都拿到了工资，解决了吃饭问题，全县的教育形势才稳定下来。

2002年，他一直抓住教师工资不放松，乡镇虽也有拖欠，但前撑后每月都能发，教师的生活问题基本解决了。富平当时是一个农业大县，工业小县，财政穷县。教育又面广战线长，能解决到这种程度，已经很不容易了。

随着全国教育和经济形势的变化，到了2003年初，乡镇教师的工资收归县管，由县财政统一发放，这一问题才彻底得到解决。原来拖欠的教师工资，县上也逐步补发了。

乡镇教师工资拖欠问题的解决，使教师队伍渐趋稳定，教育教学形势不断好转。

王忙寿同志刚到教育局机关，面临许多新情况新问题，他首先解决乡镇教师工资拖欠问题，反映了王忙寿同志在众多矛盾中抓主要矛盾的敏锐性，抓住不放，直至问题根本解决，体现了他干工作的持久性和彻底性。

这件事，使我认识到王忙寿同志是一个肯干事的人。

对我印象深刻的第二件事，是王忙寿同志到教育局后大张旗鼓而又扎扎实实地开展教育教学工作。

在全县范围内，他先抓了常规教学。2001年冬季，他组织在全县范围内开展了大规模的常规教学检查，历时3个月，接受检查391所学校，近8000名教师。这项活动引导了教学工作，规范了教学行为，激励了教师上进，改进了工作作风。其影响之大反响之好，多年没有。检查之后，结合时代特色和富平实际出台的《富平县中小学常规管理基本要求》，对全县教育科学化、规范化、制度化起到了重要的推动作用。

在幼儿园，他抓了克服幼儿教育小学化倾向问题。工作抓在了点子上，2003年富平县被评为全国幼儿教育示范县。

在小学，他抓了小学毕业会考和高段竞赛。毕业会考，解决了小学教学质量大面积提高的问题。高段竞赛，培养了优秀学生。

在初中，他抓了"两项目标管理"。多年来初中存在的薄弱学科——历史、地理和生物三科教学得到空前强化。这，既完善了学生的知识结构，又为学生升入高中阶段学习奠定了扎实的基础。

在高中，他抓了高考复课。县上成立专门班子，深入学校听课检查，走出去请进来开展教学研究，坚持每年慰问高三教师，每年召开高中教育工作会，总结经验教训，表彰奖励先进。这些工作使富平高考成绩连年提升。

为提高教育质量，他采取的这些富有成效的方法措施，使我认识到王忙寿同志是一个会干事的人。

对我印象深刻的第三件事，是王忙寿同志在蓝光中学督促新校区建设。

蓝光中学是李升荣先生斥巨资建设的一所民办中学。学校占地300亩，建筑面积70000平方米。

学校2007年6月1日破土动工，计划2008年暑假招生。但是到了2008年8月10日，学校还是一个大的建筑工地。八条路没有一条开通，教师和学生公寓一楼的水磨石地面还没有完工，学校没有一盏路灯，没有电铃，公寓的床和教室的桌凳缺口较大，饮水锅炉没有安装到位，计划的塑胶运动场还没有打水泥垫层。现场给人的感觉是当年无法招生。

我那时是蓝光中学校长,他是学校的党支部书记。当时的高三和补习班已借校舍上课,学校的招生工作也在借的校舍中进行。学生很多,计划招2500名学生,报名的超过了4300人。再有短短的20天,学生就要到新校区上课,新学校能准备好吗?

当时,我们两个有个分工,我主管内部,即上课和招生,他督促新校区建设。

这个分工苦了他。他整天找李高文主任和陈东良主任(俩领导当时是蓝光中学筹建处的负责人)催进度,找李升荣董事长解决问题。8月天,他白天顶着太阳跑工地,晚上有时还要找工头。住的是大教室,吃饭迟一顿早一顿。硬是催着、逼着工程在八月底基本完工,保证了学生按时入学。

学生在9月1日搬到了新学校,随着蓝光教育集团建设的持续,学校的路通了,树栽了,灯亮了,铃响了,塑胶运动场使用了,学校的环境越来越好了。

这件事,使我认识到,王忙寿同志是一个补台不拆台,善于与人共事的人。

肯不肯干事,是主动性问题。自强不息的人都肯干事。会不会干事,是业务能力问题。专业化程度高的人都会干事。是否善于与人共事,是胸怀问题。胸怀宽广的人都善于与人共事。因此,可以这样讲,王忙寿同志是一个自强不息的人,是一个懂教育会管理的人,是一个胸怀宽广的人。总而言之,他是一个干事业的人。

(作者:张胜利,原富平县教育局副局长)

宝岛台湾行

2006 年 4 月,陕西省素质教育协会组建了一个教育访问团,对台湾进行了为期七天的访问,访问团由十九人组成,我也荣幸地参加了这次访问。

访问团到达台湾的第二天正逢清明节,七天时间,先后参观了台湾故宫博物院,台北风景区阳明山,蒋介石住过的士林官邸,基隆港,台中自然科学博物馆,台湾风景名胜区日月潭、台南赤嵌楼、高雄市及三个中小学校,与当地同行进行了交流。

在台湾日月潭留影

台湾之行给我印象最深的有以下几点:

第一点,台湾的确是一个宝岛。

地理位置好。它地处我国东南一百多公里的海面上,西隔台湾海峡与福建相望,东临太平洋,四面环水,是镶嵌在大海里的一颗明珠,是我国东南部的大门,具有极其重要的战略地位。同时,它的水路交通四通八达,港口很多,再加上航空事业的蓬勃发展,其与世界各国进行经济贸易的交往非常方便,具有得天独厚的优越条件。

生态环境好。台湾处处青山绿水,鸟语花香,森林密布,河流如网,四季如春,气候宜人。

水果海鲜好。台湾四季鲜果不断,香蕉、柑橘、荔枝、龙眼、芒果、橄榄、人参果到处可见,故有"水果之乡"的称号。海鲜产量多,品种多,味道鲜美。我们在台中市侨园餐厅、高雄莲园餐厅吃自助餐,海鲜、水果近百种,挑得人眼花缭乱,每样海鲜品尝一口也品不完,尝不遍。

第二,台湾大陆是一家。

从历史上看,台湾自古以来就是中国的领土,古称夷洲。秦汉以来,与大陆交往频见于史传,明朝末年,郑成功驱逐荷兰侵略者,收复台湾。一六八三年清朝设台湾府,一八八五年改为台湾省。一八九五年日本侵占台湾,一九四五年抗战胜利,台湾又回到了祖国的怀抱。任何人想分裂祖国的图谋都是注定要失败的。

从民族上看,台湾绝大部分是汉族,大部分人都是从大陆迁移过去的,他们说的都是汉语,写的是方块字,尊崇的是孔孟之道,把孙中山先生称为国父。就连台北、台中、高雄等大一些的城市的主要街道也是以大陆的省份和大城市命名的。这一切都说明,台湾是中国的一个省,台湾人就是中国人,台湾大陆是一家。

第三,两岸同胞心连心。访问团所到之处,都受到了热情的接待和欢迎。

四月三日晚,我们坐的飞机刚降落在台北机场;迎候我们的陈先生同我们见面第一句话就是:"欢迎大陆的兄弟来解放台湾。"这句话把我们全惹笑了。陈先生真有本事,一句话就把两岸同胞的感情连在一起,分也分不开。七天的行程活动结束后,当我们在机场同陈先生等人告别时,他说:"你们这次到台湾收获很大,解放了台北、台中、台南高雄等地,现在凯旋,我向大家祝贺。希望大家今后常来往。"这是一种幽默,一种风趣,更体现了台湾人民要求两岸统一的愿望和赤子之心。

2005 年,国民党主席连战先生、亲民党主席宋楚瑜先生先后访问大陆,受到了胡锦涛总书记的接见,这大大加快了两岸统一步伐。尽管"台独分子"还千方百计阻挡历史的车轮,但这只能是螳臂挡车,自不量力。台湾总有一天要回到祖国母亲的怀抱。

退休之后

退休是人生一个重大的转折点,六十岁是人生一个重要的里程碑。如果说,人生是一部登山史,那么六十岁就标志着你完成了任务,登上了峰顶。现在到了观赏"无限风光在险峰"的时候了;是"更喜岷山千里雪,三军过后尽开颜"的时候了。春天牡丹花开富贵,夏天石榴花红似火,秋天金菊笑傲风霜,冬天梅花冰雪斗艳。四季花开才使春夏秋冬各领风骚。人何尝不是这样呢?童年、少年充满了梦幻和对未来的憧憬;青年时期龙腾虎跃,雄心勃勃，气冲斗牛；成年时期艰苦奋斗，顽强拼搏，只为青史留名。进入老年以后，犹如金秋的菊花，逸香展彩芳秋韵，腊月的梅花，散作乾坤万里春，不也是一种风流，一种潇洒，一种气质，一种奉献吗？

和孙孙王致航在北京

我于二零一一年十二月退休，开始了晚年生活。退休之后干什么？我和老伴淑贤商量，主要安排了以下几件事：

一、孝老呵幼。我的父亲已到九十高寿，养母也八十五岁。2006 年我退二线之后，因两个弟都在外地工作，为了方便照顾老人，就将二老从农村接到县城。岳父、岳母早已去世，在 2006 年清明，我建议妻子同兄妹商量，给老人立个碑，一来表示对已故老人的敬仰，二来也成全儿女们的心思。生母于 2010 年去世，我们全家去将老人顺利安葬，并承担了一半费用。

二零一一年我退休之后，几乎每天都要去父亲和养母的住地，关心他们的身体，照顾他们的生活，有空就和他们坐坐，议议国事、家事、同时，为免老人寂寞，天气好时，若他们精神可以，陪他们去公园转转。二零一二年，父亲九十高寿，我们兄弟商量，还专门在农村老家为他过了个九十大寿，一来孝敬老人，祝老人长寿，二来弘扬尊老、敬老良好风尚，获得了村邻的赞誉。

二、回望来路，总结人生，写写回忆。一是对一个登上峰顶的人回望来路时的情感宣泄；二是给后辈给社会奉献一笔精神财富。退休后，第一个建议我写回忆录的是老伴淑贤。他说："你这样做，也算是老有所为吧！"老伴的建议得到了子女的积极响应，子女们也都是很想了解我的过去，了解我的学习和工作，以启迪他们更好地工作生活。孙孙对我写回忆录也饶有兴趣，他最关心是我的童年到底是什么样儿，和他的童年一样不一样。一提起童年，我的生命似乎又回到了六十年前，一下子年轻了。我的童年虽比不上孙辈的童年，但老少比童年，可以使他更加珍惜自己的童年，珍惜自己的童年，过好童年生活，自小立下大志，好好学习天天向上，长成国家的有用之才。

我把老伴、子女和孙子的想法告诉了我的一些学生和朋友，征求他们的意见，他们都主张我写，他们的理由是让我写出来同他们、同更多人交流人生。这样我就下定了动笔的决心。笔一提起，放不下了，我仅用了八个月时间，写成这本书、水平虽不高，但它是我的亲身经历和真实做法与思想。

三、办起秦腔自乐班。我和妻子都爱秦腔，而且学生时代都登台演出过秦腔。退休后有闲时间，为了使自己老有所乐，我俩商量在家乡办了个秦腔自乐班，活动地点就放在农村老家，我拿出几千元买了些乐器，组织村上戏曲爱好者参加，每月活动两次，自乐班一成立，还真的来了不少，有老年、中年、还有个别青年人，遇到村上有老人过寿，青年人结婚，自乐班还义务演出。在妻子的带动下，我本家的媳妇纷纷参加，在父亲过九十大寿时，本家的几个媳妇还同台演出，好像成了"家庭自乐班"。我和妻子每月定期回农

161

村老家自乐,既联络了同邻里的感情,不忘家乡父老乡亲,又弘扬了农村传统文化,为建立和谐的村邻关系做了自己的一份贡献。

当一名顺民百姓,当一名遵纪守法的公民,当一名合格的共产党员,过好老年生活,给自己的人生把句号画圆,这就是我新的人生奋斗目标。

第三辑
「学生心曲」

写完我的回忆录《我心唱我歌》一书后，我传给我的部分学生，让他们提些建议或意见，以便使我的书稿更加完善，他们看后，不少学生写来文章寄给我，我都一一翻阅，总觉学生的文章若能附在这本书上，更能增加《我心唱我歌》一书的鲜活感，我特意选了其中十篇，作为本书第三辑——《学生心曲》编入书中与读者共享。

三十年的铭刻

陈 鹏

2012 年我加入到"50"后的行列,圣人说,五十而知天命,今天我才体会到其中的含义。人的命运有"命"与"运"两部分构成,其中"命"是遗传的,是自然规律,个人无法通过自身的努力与其抗争,不论是伟人还是凡人,都无法逾越这一道自然屏障。但"运"则不同,它是后天的,是可以把握的,个人成长的环境、人格的特质以及人的主观能动性等,都可以引发特定个体"运"的轨迹的改变。

在我的人生经历中,如果今天有一点值得回忆的地方,除自己父母、兄弟姐妹对自己无私的关爱之外,自己在不同的受教育阶段几位恩师的教诲与关怀,尤其是在人生的转折时期,老师指点具有不可取代的作用。文学家柳青讲过"人生道路是漫长的,但关键处往往只有几步"。对于出身农家、家境贫寒的我来讲,在改革开放之初,能否通过高考改变命运在我的一生中至关重要。1978年，我以几分之差没有考上中专，带着遗憾我上了美原中学，成为1980级四班一名学生，在那个"学好数理化，走遍天下不怕"的年代里，能成为全校四个理科重点班的学生，多少有那么一点儿安慰与自豪。为了实现小平所倡导的"多出人才、快出人才、出好人才"的目标，全校将最好的老师、最优质的资源都配置到这四个重点班。当时我的班主任是陈志明老师。王忙寿老师是80级二班的班主任，我与他并不熟悉，只是通过同学间的交流了解到王老师是西北大学历史系毕业，对自己所带班级十分敬业，有一套激励学生学习的办法，深受学生爱戴与同行肯定。我与他的第一次直接接触是在高一结束、高二文理分班的时候，他动员我到文科班学习，认为我具有良好的文科基础和较好的理科背景，如果"弃理学文"将有较大优势。当时我很矛盾，因为在那个科学主导时代，人们普遍认为学习不好的学生才会学习文科，学文科也没有什么出息，但在王老师的循循善诱下，我毅然离开理科班，成为我班唯一弃理从文的学生。家人对我选择表示反对，我的初中老师也认为我做了错误的选择。但不知何故，王老师并没有如愿成为文科班的班主任，作为百年名校历史专业的毕业生，他甚至没有成为我的历史教师，我当然没有如愿成为王老师的学生。1980年我以几分之差与大学失之交臂，当时遗憾、迷茫、自责充斥着内心，甚至开始怀疑自己当初的选择。

1981年九月新学期开始，学校决定让王老师带文科班，听到这个消息我十分高兴，王老师也多次动员我到校复课。带着对未来生活的憧憬，背负着父母兄弟的期盼，我毅然决然地来到美原中学补习，准备参加来年的高考。当时我的家境十分困难，主食以包谷、红薯为主，副食主要是辣椒与食盐，基本吃不上什么肉食与蔬菜，甚至连这些最基本的生活条件有时也保障不了。

这时美原中学的条件也十分简陋，没有专门的学生宿舍，学生被安排在一个大教室中集体居住；食堂主要供应开水，为学生熬包谷粥、热馍馍，偶尔做一两次羊肉泡馍，改善一下学生生活，虽然吃不上两片肉，但为喝一碗羊肉汤，同学们往往会挤成一团，老师甚至不得不出面维持秩序。在这种境况下，为了给我和其他几位生活贫寒的学生提供较好的学校环境，王老师将自己的宿舍腾出来让我们居住，自己则每天骑自行车回家。回想起这一点，我至今感动不已，也经常反思，自己如果是一名中学教师，能否无私地做到这一点？相对于集体宿舍，我和其他几位同学有了安静的住宿条件与学习环境，同时，老师无私的爱与奉献也成为我努力学习的动力。

作为一名历史专业科班出身的老师，王老师对中学历史课程有其独特的理解，他能从更高的视角把握历史课程的主线，提纲挈领地理出每一章节的重点难点，并结合时代背景，将晦涩、枯燥的历史课讲得绘声绘色、引人入胜，学生在不知不觉中掌握了历史课程的知识要点；更令人敬佩的是王老师高深的教学艺术与班主任工作经验，作为老师的他总是能找到正确的激励学生的办法，调动学生的积极性。他有时也会因学生的懈怠而急躁，甚至会严厉地给予批评，为学生一时所不解，但时过境迁，当我们再回想老师当年恨铁不成钢的情景时，依然会对他肃然起敬。

1981 年高考，美原中学文科异军突起，在全县甚至全省的升学率名列前茅，一批学生考入北京大学、中山大学等国内一流名校。我虽然考得不很理想，仍然以 369 分的成绩上了陕西省重点大学的录取线。从常理推断，这个成绩上大学没有什么问题，我也为即将踏入大学校园做着准备。在漫长、煎熬的等待之中，我眼看着同学们一个个兴高采烈地拿到大学入学通知书、中专入学通知书,而这一切都与我无缘。在万分焦虑、痛苦之中,王老师与其他任课老师一样也感到非常奇怪,为何上了重点大学的录取线的我怎么连普通大学都上不了? 甚至连中专也上不了? 出了什么样的问题? 我和王老师都万分不解。为了搞清原委,王老师和其他几位老师给我和现在中国石油大学工作的王鸣野捐钱、凑粮票,支持我俩到省招办和市招办申诉。临行前我们和老师的情绪都很低落。当我俩背负全家和老师的期待第一次踏上火车来到西安时已是晚上,火车站的繁华与热闹一点也没有引起我们的兴趣。那天晚上我和王鸣野靠在候车室的外墙蹲了一夜,当黎明都市的汽车发动机声、汽笛声将我们唤醒后,我们开始去找同学帮忙。费了一番周折,才找到西北大学的同学,在他的带领下,我们找到了陕西省招生办公室的所在地。在招生办我们才了解到,色盲导致我俩丧失了入学机会。我很不解,国家高考政策明确规定,报考文科,色盲不受限制。那为何会因此剥夺弱势青年的受教育机会? 不论我和我的同学如何争辩,都没有办法改变我落榜的现实。带着痛苦、愤怒、失望的心情,我们回到母校,所有的老师都十分不平。那天晚上,我和王老师睡在一张床上,半夜时分,我被异样的声音惊醒。当我睁开双眼,看见在灰暗灯光下,王老师紧锁眉头,手指间夹着一支香烟,喃喃自语:“太不公啦! 太不公平啦!”我坐起来,默默地看着老师,泪水夹杂着委屈、失望与无奈夺眶而出,我是多么想抱住老师痛哭一场! 但看着老师与我一样痛苦的样子我竭力使自己平静下来,并在心底向老师暗暗发誓:一定要考上大学! 绝不向命运低头!

1982 年是我人生的转折点。这一年,我经受了比以往更大的压力。由于前一年色盲的原因失去了上学的机会,一些老师认为让我再补习已无意义，甚至建议校长剥夺我的上学机会。非常之际，王老师力排众议，认为既然政策允许，就不能限制学生学习的权利。在他的坚持下，美原中学当时的校长王利民老师给我出了主意，让我找人到当地医院开张证明，证明自己的眼睛辨色力正常，可以参加高考。在王校长和王老师的善意帮助下，我如愿地拿到这张证明，并顺利参加了高考。然而天有不测风云，不知何故，高考的前一晚上我怎么都睡不着。记得当时我和大家打地铺睡在县城一所小学三楼的教室里，大概是11点左右，王老师和当时班主任田育中老师悄悄来到教室，当看到我还在不断眨眼的时候，就督促我赶快休息。11点、12点、凌晨……我越是强迫自己入眠反而越清醒，不论老师如何开导，甚至体育老师教导我调整呼吸放松，都没有效果。早上6点多，王老师与田老师给一夜未眠的我熬了一壶很浓的茶。吃完早饭，我带着老师给我准备的湿毛巾、风油精和不断的鼓励走进了考场，艰难地参加高考。虽然最后成绩不算理想，但还是如愿上了陕西师范大学，从而改变了自己的人生轨迹。

如今，我在陕西师范大学学习、工作已三十年之久，从一名学生成为一名大学教授，如果总结这三十年自己的发展，恩师的示范作用功不可没。2012年农历八月初三，当我的学生不远千里来到西安，背着我悄悄地给我操办50岁生日时，我非常感动和自豪。虽然我不主张学生给老师举办生日，但学生的真情还是打动了我，它也变成一种无形的动力，促使我更好地去履行教师职责，就像我的恩师一样，将爱与责任一代代传承下去。

（作者系陕西师范大学教授、博士生导师。）

亦师亦友的班主任

任润卯

　　回忆自己的人生历程,1963 年出生于陕西富平,是大西北这片民风淳朴、文化积淀厚重的土地,给予我营养,抚育我成长,将我塑造为一个对国家、对人民有用的人,在此我渡过了二十年的童年及学生时代。1984 年 8 月大学毕业,服从组织分配,来到两个月后建市、位于九河下梢的辽宁盘锦这块东北的黑土地上,工作于当时中国第三大油田——辽河油田,成为一名石油工作者。盘锦,过去的南大荒,如今的南大仓,现已发展成为一个新兴的石油城,这里有亚洲最大的芦苇荡,有位于辽河三角洲的世界湿地,也有世界著名的滩涂胜景——红海滩,特产有全国闻名的盘锦大米和河蟹,还有两混水环境生长的河刀鱼。在辽河我成家立业、娶妻生子,当过老师、搞过设计和管理,在此自己把二十年的青春年华贡献给了中国石油事业,培养的学生和设计的作品遍布辽河流域及油田矿区。2004 年随着中石油专业化重

170

组,来到位于华北大地的祖国心脏——北京,开始了自己人生的第三个二十年,继续为中国海洋石油事业发光发热。记忆中无论是在西安上大学、还是在东北或北京工作,每次回家走亲戚或去看望同门的长辈,见面聊天时都要问到一句:"看你班主任去没有?"甚至是现在已近八十岁、在外人看来有点糊涂的四妈也不例外。这里大家所说的班主任,就是我高中时的班主任——王忙寿老师。因为大伙都知道,我和王老师关系很好,有深厚的感情,多年来一直保持着联系,逢年过节相互问候,每次回老家都要去看望。前段时间王老师来电说将已成稿的回忆录发给我看看,拜读后非常激动,勾起了我对高中时期美好时光的回忆,许多往事历历在目,于是写下一些感受及经历与大家分享。

1978 年是恢复高考制度后开始正式中考的第一年,我考入了美原中学重点班。这一年美原中学高一共七个班,四个重点班,三个普通班,我被分到高一二班。当时教育形势刚刚改观,教师的来源渠道多样,水平参差不齐,有在本校任教多年的、有刚从学校毕业的、有刚平反回到讲台的、也有从外校新调入的等等,学校对一些老师的能力不是很了解,处于考查、摸索阶段。刚开学没多久,我们班就先后换掉两个班主任及科任老师,其中一个是英语老师兼班主任,刚从学校毕业,谈不上有教学经验,班级管理松散,代课水平实在不敢恭维,可穿着时髦,头发梳得放光,皮鞋擦得锃亮,同学们反响很大,找到学校要求换老师,学校领导对重点班格外重视,经过听课、谈话等各方面考查后,决定将其换掉。另一个是语文老师兼班主任,刚刚平反,多年在家务农,疏于讲台和课程,该讲的讲不出来,没用的倒讲的很多。给同学们印象最深的是在课堂上动不动就讲"江山一笼统,井上一窟窿,黑狗身上白,白狗身上肿"的意境,30多年后的今天同学们见面后还以此作为笑料谈资。对此同学们当然又不干了,继续找学校,其结果可想而知。王忙寿老师就是在这样的背景下担任了我们班的班主任,当时他刚从西北大学毕业,已担任普通班高一七班班主任,还担任文科班历史课。做出这个决定学校是经过慎重考虑的,但让一个文科老师担任理科班班主任,当时学校质疑的人确实不少。记得王老师第一次与同学们见面时的讲话,给大家留下了很深的印象,不但给了大家信心,还让大家喜欢上了他。以后的事实也证明了这一点。王老师以其积极的性格、超人的毅力、聪明的智慧、激昂的工作热情、非凡的人格魅力、超群的工作能力和创新的管理模式,爱岗敬业、无私奉献,总结自己以往任教的经验,吸收别人的优点,摸索新的教学和管理模式,以满腔热情点燃同学们思想的火花,为同学们设想理想蓝图,鼓舞同学士气,与同学们一起总结摸索学习方法,鼓励先进、提携后进,注重德智体全面发展,严格要求和管理,营造良好的学风和班风,以健康的思想教育学生,以高尚的言行感染学生,用人格培养人格、用灵魂造就灵魂,与同学们建立融洽和谐、平等、亦师亦友的师生关系,取得了很好的成效,仅一学期就使我们班的期末考试成绩赶到年级前列,在学校及班级树立了威信,赢得了全校师生的好评,并且使我们班在以后学校的各种竞赛及最后的高考中在年级都名列前茅。

"蓬生麻中,不扶自直;白沙在涅,与之俱黑"。一个班级的好坏,班主任的作用至关重要。班级好,差的学生能变好;班级差,好学生也会受影响。王老师虽然不给我们代课,但他除了备好课、上好课外,心思和精力基本上都用在我们班上了。学生以学为主,抓好学习首当其冲。王老师通过激发同学们学习的欲望和热情,使同学们自觉学习、愉快学习,在班级创造你追我赶、生动活泼的学习氛围。同学们几乎都住校,一周只回一次家,从家里背馍、带咸菜,冷馍就咸菜,喝点开水,生活艰苦,根本谈不上营养,抓紧一切时间,就是为了学习。同时强调课堂的重要性,要求同学们抓住课堂、尽量解决问题,做到事半功倍。课下注重同学们的潜力开发,使不同层次同学凭借已学知识发现、提出、探究和创造性地解决问题,取得持续进步。班级融汇集体智慧,不断总结学习方法,定期让单科比较优秀的同学到讲台上讲课讲题,交流学习经验,拓展解题思路。教室后面的黑板报专门设置学习经验交流、难题解答等栏目。王老师还经常与其他科任老师座谈,建立畅通的沟通渠道,了解每门课班级同学的学习及反应情况,及时给科任老师反馈好的建议及想法,激发科任老师的热情,调动科任老师的积极性,同时充分发挥课代表与科任老师的桥梁纽带作用,班级同学与科任老师的关系都处得很好。2002年春节,我们班在富平聚会,能联系到的科任老师都参加了,师生们见面,回忆学校的生活,畅谈现在工作与学习,场面非常感人。

王老师在班级管理上思路创新、不拘一格,注重全面健康发展,对学生平等对待、严格要求,尊重同学、热爱同学,努力构建民主的、和谐的班级气氛。充分调动同学们参与管理的积极性,同学们轮流参政,培养管理能力,为成功打好基础。注重德育教育,重视同学们思想动态变化,关心同学们的生活及身心成长。善于捕捉学生心理活动、特点,找同学谈话、做思想工作,解决思想问题已成为他班级工作的一项重要内容。有同学住院,他会忙前忙后,像对待家人一样。同学如有困难,他会想尽一切办法帮助解决。与学生家长经常保持联系,掌握学生的思想波动,取得家长的配合。他舍得放下身段,与同学们交心、交朋友,篮球场上经常可以看见他与同学们拼搏的身影,与同学们建立了深厚的、终生难忘的感情,同学们也把他视为最尊敬的老师、兄长和朋友。

记得高一第二学期刚开学的一天下午课后,学校组织大扫除,最后组织检查评比。当时学生宿舍都是大通铺,东西走向,南面一排单层,北面一排双层,有的同学在午休后急于上课,不叠被子,大扫除开始后一段时间,有的同学已收拾完了,但有的同学还未回到宿舍,被子还没叠,看到此种情形,我就生气了,在宿舍喊道:"把不叠的被子都扔到外面去!",喊声刚好被宿舍外面远处要到宿舍来的王老师听见了,进来后问是谁喊的,在得知是我喊的后,鼓励了我,说班级管理就是需要有魄力。当时我只是一个普通同学,个子不到一米五七,坐在第一排,属于好动类型的,但第一学期的考试成绩排在班级前五名。事后没多久,王老师就推荐我担任班长,并兼任语文课代表。高二时,由于上课、复习同时进行,任务比较重,同学们普遍感觉白天时间不够用,学校规定宿舍晚上十点熄灯就寝,熄灯后有的同学偷偷跑到路灯下学习,好多同学则趴在床上点着煤油灯学习,不少同学的近视都与此段时间学习有关,看到此种情况,王老师就给我和另外一个同学配了一把他宿舍的钥匙,让我们下晚自习后去学习两个小时,作为回报我俩也自觉承包了他房间每天到水房打水的任务。高中两年处于成长期的我,通过言传身教、潜移默化,从王老师身上学到了许多优良的习惯和作风,使我受益终身。

高二第一学期,1979 年的冬至日,美原镇上集会,美原中学位于镇商贸中心的东面,电影院位于中学与商贸中心的中间。吃完中午饭,我和四个同学相约去集上看看热闹,走着走着,听见电影院里敲锣打鼓,跑进去一看,围了很多人，一个马戏团准备开始表演，于是我们几个挤进人群，来到前排看了起来，这时候围观的人也逐渐越来越多。到了一个耍猴的节目，需要一个群众演员，班主看见我站在前排在笑，于是就把我拉了上去，给我带了个狗皮帽子，让我配合他们表演，敲锣、逗猴、做各种滑稽动作，观众们逗得直乐。看完表演，感觉快到下午自习时间了，我们五个就回学校啦。一进教室门，看见同学们都冲着我们笑，这时候王老师躲在门后，手里攥着一把笤帚，对着我们的屁股就是一顿暴打，让我们站在讲台上，然后给同学们讲事情的经过、模仿我的表演动作。原来王老师中午回家吃完饭在回学校的路上，碰见我们的体育老师告诉他："快去看你们班同学在耍猴"，因此我在马戏团的表演他全都看见啦，只不过比我们早回教室，大老远看见我们回来，故意躲在门后等着我们。在王老师的模仿过程中，我几个忍不住笑了起来，同学们也笑啦，王老师自己也绷不住，整个教室里笑成一团。王老师笑着模仿完后，突然收住笑容，严厉地批评了我们。讲到目前学习这么紧张，大家应该抓紧一切时间学习，把精力放在学习上，而不应该看热闹贪玩。强调类似事情今后不允许在高一二班发生。通过这件事情，王老师把握时机，因势利导，发现坏的苗头，及时纠正，体现了尊重和宽容，给同学们上了一堂生动的教育课，教育了我们，也给其他同学敲了警钟。

1980 年 6 月份高考，那时候家里经济条件不是太好，买自行车时间较短，自己自上初中后就住校，假期学校补课，心思全用在上学和学习上了，因此高中毕业时还不会骑自行车。高考考试地点安排在流曲中学，离美原三十多里路，考试三天，带队老师和考生都需带行李及生活用品，别的同学都是自己骑车去考试，可我就发愁啦，自己去不了，就得家人来回接送。王老师知道这事后,提出来他骑车带我去考试。这样在考试前一天,父亲将我及行李、生活及学习用品送到王老师家,王老师带着我和两个人的行李就去考试啦。那时跑汽车的公路叫汽路,土质路基表层铺矿渣,常年没有费用养护,平时就不平,下雨后变得坑坑洼洼,质量很差。去时一路下坡路,相对比较轻松。第三天下午考完试就往回返,回程路完全相反,上坡路,天又热,还要驮着人和行李,没走多远王老师就开始出汗,我坐在后面很不好意思,于是上坡时我就下来跑着推车、老师骑车,一边走、一边聊,直到天很晚才回到家。

高考结束以后,看到同学们在家待不住、老往学校跑,王老师就提出组织一个团到各个同学家去转转,认认家门,因为同学们一毕业后可能就天各一方,见面的机会就比较少啦,这样一呼百应,很快就形成由十多个班团干部、课代表及学习较好的同学组成的自行车考察团,由王老师带队,历时十多天,途经五个乡十多个村,走村串户,走到谁家、住到谁家、吃到谁家,路途方便时也去一些没入团的同学家坐坐,印象较深的是在蔡兵文同学家照了一张集体合影,这样既加深了同学之间的感情,又加强了同学们的相互联系。

毕业后很多同学见面,感叹道:"能遇到王老师,是我们一生的荣幸。"参加工作后,我也担任过教师及班主任,与同学们的关系都处得很好,经常在同学们庆幸遇到我的时候,我告诉他们,我高中时的班主任更加优秀。

(作者系美原中学一九八〇届二班学生,现工作于中国石油集团海洋工程有限公司,高级工程师。)

我心写我师

常雅玲

2012 年 10 月的一个周末,电话突然响起,接起来,是一个熟悉的声音叫我,谁呀? 这么亲切!

我脑子里一阵紧急搜索,还没等出结果,电话那头便自报家门了。"我是王忙寿"。

"王老师"! 我也大声叫出。

真是惭愧得很。十几年前,我在地处山区的部队工作,纪律严、要求高,能够自己支配的时间少,和老师同学的联系不多。转业到地方后,工作异常忙碌,加上自父母住到城里以后,我也很少回老家。有关王老师的消息,我从同学那里倒是了解的也不少,不过好多消息都是"马后炮",都是旧闻。

印象最深的是老师那份深入骨子里的勤奋、坚持与创新,还有他对学生那份至真至切至上的情感。这些是他赢得学校肯定、学生认可、家长们放心的根本原因。老师对待学生、教学和教育事业的那份虔诚与执著,使得他走过的路显得格外的扎实,平凡与伟大。

记得那时王老师代我们历史课,在课堂上,王老师永远是一副充满活力的形象,他那深得学生们欢迎的教学方式,吸引着同学们如饥似渴般地好学。这在上世纪80年代,在地处渭北的富平县美原中学,成了一片令人感动、催人奋进的风景。

有时下课之后,仍能听见王老师在某个教室里抑扬顿挫讲课的回荡声,或者恰好看到他上完课出来,略略耸着肩,眼睛活泛地向上看着,嘴角荡漾着还没有从历史到现实完全转变过来的微笑,整个氛围还带着那种刚刚讲课的热腾腾的气氛,然后慢慢踱到位于学校后边的办公室去。而在每一个下午大扫除的时候,毕业生们便会以百米冲刺的速度吃完晚饭,又以百米冲刺的速度拿着书本去占领学校四周的围墙边或者大树下的有利位置,高声诵读包括历史在内的文科教材所需要牢记的知识。

在那个什么都贫乏的时代,我们以有像王老师这样一帮经验丰富、教导有方的老师为富足!以拥有众多勤奋好学的同学和良好的学风而自豪和满足!后来听说,我们在美中做学生的那个时期,是美中历史上最值得纪念的辉煌时期。

如今掐指算来,离开老师和美原中学已有二十七年了。历经了二十多年风霜雪雨的冲刷,老师的音容笑貌,至今依然深深地烙印在脑海里。时光流逝,永不忘记。

我们对王老师的敬佩,不仅体现在老师卓有成效的教学经验上,更为重要的是体现在老师平凡而伟大的人格力量上。

学弟来明善,因家境贫穷,在外地的煤窑上打了两年工,因心里不甘,去找老师排遣,老师三顾茅庐,硬是说通了来父,又自垫学费,让这个民工命运的苦孩子复读考上了大学。在上世纪80年代,考大学可是我们这些出生在寻常百姓家的孩子追求发展的唯一目标。

我们对王老师的敬佩,还敬佩在老师以学生追求的目标为自己奋斗的目标。

为了提高大家的学习成绩,王老师在诸多方面研究如何高品质授课,如何极大地调动学生的学习积极性。时至今日,我依然不忘老师授课时,有时风格如评书先生讲故事一般;有时为了启迪学生,语重心长犹如自己的长辈父兄;有时为加深学生印象,他表现出近乎滑稽的表情神态……彼情彼景,现在回想起来,仍然令人怦然心动。这种回忆,常常让人感到很惬意、很幸福。

没看王老师的书以前,我坚信王老师做老师时是好老师,做校长时是好校长,做局长时是好局长。看了书以后,我更加体会到了王老师没有辜负他的各个时期,这也成为我们更加敬重他的一个理由。

（作者系陕西省委宣传部新闻处处长。）

师恩笃深

惠碧仙

前些日子,突然收到王忙寿老师的来信,欣闻老师写回忆录,邀我入稿,我心里忐忑不安,不知从何写起,几度提笔,又几度辍笔,思绪一下飘到二十多年前的美原中学,老师的身影顿时浮现在眼前:他刚直坚毅,博学多才,品格高尚,不怕艰苦,工作勤奋,富有激情,谈吐幽默,关怀备至,体贴入微……天无私覆,地无私载,日月无私照!他就像一轮金赤朗耀的圆月,将品质和知识播撒于我。

一

教诲如春风,师恩似海深。和王老师的相遇、相识、相知,在他的教诲、关怀下改变了我的命运,影响着我的一生。记得有位哲人说过:"一个不知道要攻克那座堡垒的人,注定是攻不下任何一座堡垒的;而一个不知道自己要去向那里的人,最终是什么地方也做不成的"。此话对我来说再合适不

180

过，是他让我知道并攻克了重要的人生堡垒，不断走向成功。

王国维在《人间词话》中说——古之成大事者，必经过三种境界："昨夜西风凋碧树。独上高楼，望尽天涯路。""衣带渐宽终不悔，为伊消得人憔悴。""众里寻他千百度，蓦然回首，那人却在灯火阑珊处。"，虽然我知道自己没有巨大的成就，但从踏进美原认识王老师的那一刻起，同样也体验了三境之味。

时光如流水一般匆匆而过。它冲淡了生活中许多美好和快乐，也冲淡了生活中许多烦恼和痛苦，但怎么也冲淡不了我对重读高三的记忆。那是1984 年，我在美原中学读高三，有幸插班进入王老师任班主任的高三五班，由于我英语基础差，成绩一直不理想，严重影响了总成绩。王老师知道我的苦恼后，精心安排我和班里英语学习最好的王永红同学同桌，王永红将她自创的读、写、记"三位一体"英语学习"秘诀"传授给我，经过我的领悟和实践，英语成绩有了大幅度提高。每当回想那段的经历，我有过艰辛，有过彷徨，更有过憧憬。王老师就像一盏明灯，给了我拼搏奋斗的方向和力量。当年，我以全县第五的优异成绩考入厦门大学，实现人生的第一次重要转折。

二

有人说，师恩是一种气体，让每人感受着弥漫在空气中的温馨；有人说师恩是桥梁，沟通着人与人的心灵。可我要说：王老师对学生是万物不可缺少的水源，滋润着每一片贫瘠之地。王老师教我们历史，这是我最爱学得一门课，他那严谨求实的态度，那拼搏进取的精神，那厚德博学的风范，那激情诙谐的风格让我受益终生，记忆犹新，轻松愉快的接受历史知识，滋润着我求知的心灵，领悟"修身、齐家、治国、平天下"的真谛。1988 年大学毕业之后，我先后在西安统计学院、西安财经学院任教，任务再重，工作再多，我都不忘刻苦努力、勤奋进取,提升自我,继续攻读,在 1998 年考上香港公开大学工商管理硕士研究生。我也从一名普通教师先后走向了系副主任、管理学院副院长、党办主任等领导岗位。然而,无论是从事教学工作,还是行政工作,我都以王老师为榜样,满怀一腔热情,恪守一份责任,当好学生的引路人。

三

天涯海角有尽处,只有师恩无穷期。在我参加工作的十几年来,王老师一直关心着我的成长和发展。这时,老师已经从任课教师走到高中校长再到教育局长的岗位。岗位变了,责任大了,但王老师始终没有忘记学习,始终没有忘记勤奋工作,时刻用一个党员的标准要求自己,要求家人,恪守清贫,全身心地投入到富平教育事业的发展上。每次与别人谈话,老师总会自豪地说:"这一生之中,我最大的收获和财富就是拥有出色能干的学生……"。我知道从教四十年,王老师的学生人数过万、桃李成蹊、遍及大江南北,到哪儿都有学生接待、陪同,谈天论地,以各种方式表达师恩情怀。

也许是上天的安排,我也像老师一样,2005 年被组织派往彬县挂职副县长锻炼,2006 年被任命为秦都区委常委、统战部长,2011 年又到了秦都区委常委、纪委书记的岗位,无论工作环境怎样变化,我从王老师哪里学来和秉持的"刻苦钻研、厚德博学、不怕艰苦、工作勤奋、责任担当、追求卓越"的品质没变,它成为我受益一生的、最宝贵的、最值得珍视的精神财富。在我从政的道路上,这些精神财富仍时常鼓舞着我、激励着我。工作中,我一直事必躬亲,恪尽职守,追求完美,力争当一个好官,一名好干部,为一方百姓谋福祉。正如他《当官与做人》中的"当好一个好官,先要当一个好人,当官是一阵子的事,而做人才是一辈子的事,一辈子当一个好人要比当好官难得多"来勉励我。

四

曾经,您把自己变成一支粉笔消磨了自己,照亮了我的心灵;曾经,您用目光护送我劈波斩浪,渡到人生美好的彼岸。

师恩如山,使我敬仰;师恩如海,浩瀚无边。饮水思源,师恩难忘,我之所以有今天的成绩,就是因为永生难以忘却的、影响着我的恩师——王忙寿老师。天行健,君子以自强不息;地势坤,君子以厚德载物。如今我已站在新的一页上行进,当每天迎着缕缕晨曦而来,踏着闪烁华灯而归,看看清新的天空,看看喜悦的笑脸,看看即将到来的曙光,在老师给予我的恩泽中,在人民赋予我的责任中,继续担当。

（作者系咸阳市秦都区纪委书记。）

难忘恩师育我情

来明善

传统文化的内敛以及"大恩不言谢"的习惯使我们羞于谈论个人的恩情。但对我的恩师,这份感情如果不说出来,我会感到对不住曾经的苦难和自己顽强的成长,包括恩师——王忙寿老师的心血。可以毫不夸张地说,是王老师从根本上改变了我的命运,为我规划了新的人生轨迹。没有王老师,就没有我的今天,甚至我的一切。

那时候,家庭条件一般的学生,拿罐头瓶子装着咸菜就馍;好一点的,可以去学生灶买一毛钱一份的、没有什么油水的菜。而我,穿着粗布鞋袜,肩膀一前一后搭着两个硕大的布袋,里面装着能吃一个星期的冷馍,走进了美原中学的大门。所谓"高中三年,辣子蘸盐"。每每到了吃饭时间,自卑的我怀里揣着冷馍,溜出教室,静悄悄一个人站在校园的阅报栏前,一边看报纸,一边啃馍。那一刻,我沉浸在知识的天地里,文字的光焰温暖着我孤寂自卑的心灵，使我暂时忘却了自己艰难的境遇。

分科后的第一节历史课，我怀着惴惴不安的心情等待着老师进入教室。门开了，一个蓬头垢面、不修边幅的人大步跨上讲台，俨然一个才从地里干活回来的老农民。他一条裤腿高，一条裤腿低，头发里还夹着几根短短的麦秸秆儿，像是刚刚起过麦场。手中的两根粉笔，代替了方才扔掉的铁叉。我的心一下子跌到了冰点。他转过身去，在黑板上写下"五四运动"四个大字。苍劲的字体，如游龙飞舞，飞天下凡。由于用力过猛，他的一条裤腿耷拉下来。他弯下腰，索性将那条裤腿放到底，一股灰尘就从讲台上氤氲升起，那些灰尘在一片直射进来的阳光里跳跃飞舞，地上竟有了一层细土。他停顿一下，干咳两声，脸色凝重起来，并不看我们，却一手指了教室房顶东北方向的一角，身体前倾，猛喊一声："十月革命一声炮响，给我们送来了马列主义！"声振屋瓦，檐上鸟雀齐飞。他的嗓音有些嘶哑，有如崔健的摇滚。喉结突出，随声蠕动。接下来，他猫下腰，筛开两手，碎步疾走，在狭小的讲台上来回奔跑："这个时候，年幼的中国共产党，像一个小小的孩子，跟在布尔什维克的后面，慢慢长大。就在这个时候，学生起来了，工人起来了，知识分子也起来了……"枯燥的历史事件，在他诙谐幽默、激情四射的讲解和表演中，立马变得生动活泼，津津有味。我听得如醉如痴，完全忘记了"辣子蘸盐"的辛酸和交不起学费的忧愁。

那节课，他没有介绍自己，但他用生动的演讲，完全颠覆了我对他的第一印象。

后来，我知道了，他是一个有着辉煌战绩的王牌老师。他的课堂充满了趣味和生动，即使不爱学习的学生，也十分喜欢上他的历史课，就连理科班的学生也爬满教室外的窗台，争相"旁听"老师激情四溢的演讲。

我家祖上三代务农,靠种地打粮解决温饱,以"蛋奶工程"(养几只鸡下蛋,喂两只羊挤奶换钱)补贴家用。那时候,尽管灶上的菜只卖一毛钱,但绝大部分同学还是上不起学生灶,每周都要步行十几里路回家背馍充饥。对于我们这些来自乡下的穷孩子,王老师从未歧视过我们,这一点让有些自卑的我感激不尽。有一次,王老师看到我们吃开水泡馍,赶忙跑到教师灶上用自己吃饭的粗瓷老碗,买了两份荤菜放在操场的土地上,招呼众学生蹲成一圈一起吃。能吃上肉菜的感觉是幸福的,和老师在一个碗里吃饭更是光荣的!二十多年过去了,那是我至今吃得最香的一顿饭。老师的爱心如涓涓细流,浸润着我干渴贫瘠的心田,激励我勤奋学习获取知识,立志成才回报社会。

几十年的从教生涯,王老师的学生遍布世界各地。讲课之余,他经常如数家珍,给我讲那些历经困苦、考出好成绩、干出大事业的优秀学生,激励我好好学习,走上成功之路。但由于严重偏科,数学成绩太差,我总觉得那些离我很是遥远。加上家境的贫寒,生活的艰难,高考的挫败,使我一度产生了畏难情绪,打起退堂鼓。尽管我特别喜欢听他慷慨激昂的历史课,尽管我曾立志要考取老师上过的西北大学,但最终还是回到了家里,谋算着为家里放羊种地,帮父母干活挣钱。王老师知道后,先是让同学捎话叫我,后来又亲自跑到我家,劝说父亲要我继续上学。他说:"你有多困难?我的一个学生,父母双亡,跟着哥嫂过活,回到家连冷馍都不知道在哪里,晚上没地方睡觉,夏天就睡在柿子树架窝上!可你知道他现在干什么?是 XX 国大使馆的参赞!你还说你语文学得好,你不知道'时人莫小池中水,浅处无妨有卧龙'这句诗?"我大着胆子说:"你胡吹哩,睡在柿子树架窝上?那不是鸡吗?睡着了,跟蛋柿一样掉下来咋办?"王老师哈哈大笑,拧着我的耳朵:"叫你学我!"直接把我拽到学校去了。并说:"没钱,我给你!"

他哪里有钱？一家老小全靠他每月几十块钱的工资！他抽的烟是两毛七分钱一盒的"大雁塔"，穿衣更是老虎下山一张皮，一条裤子穿几个月都不换，但他却硬塞给我十块钱，要我在灶上买菜，增加身体营养，我不要，他就拉下脸来，一副生气的模样。我眼里含着泪，将那十块钱装进口袋，他的眼睛眯成了一条线，嘴巴大张，开心地笑了。其实王老师家里也过得很紧张。但他穷而不愁，逢苦不忧，反倒安贫乐道，乐善好施，经常帮助贫寒的学生，好像自己特别富有，整个世界都是他的。

二十多年过去了，美中校园一直是我记忆中永远的天堂，和王老师一起经历的往事至今是我脑海中永远的记忆。我仿佛又看到：三伏盛夏，恩师带着我们，端着水，拿一本书，坐在美中操场那四棵浓密如伞的中国槐下，大口喝着香甜的开水 ，激情澎湃地给我们串讲知识，分析考点，战前动员；三九严冬，学校西北角的菜地旁、围墙下，教室后的窗台边，宿舍前的空地上，桐树园的绿荫下，随处都有王老师循循善诱、指点迷津、答疑解惑的身影……

为了解决我的偏科问题，王老师专门叮咛数学老师给我开小灶补课，反复讲解，时时过问，多方帮助。在王老师的鼓励下，我也逐渐克服了自卑心理，埋头苦读，终于以优异的成绩考入西北大学新闻系，成为一名大学生，毕业后踏进省级机关的大门，干上了心仪的新闻管理工作。

王老师在教给我知识的同时，也教会我做人处事，教育我以积极向上的态度对待工作和事业，以平常和善的心态对待生活和挫折。上大学及工作以来，每每遇到困难或挫折时，老师坚毅的面孔，爽朗的笑声总会浮现在眼前，鼓励我勇敢前行。夜晚的灯下，当我为了赶写一份材料而困乏时，我点起一支烟，在升腾的烟雾里，他既开朗又严肃的面孔，总会飘然而至。他拍拍我的肩膀，我感到一股力量的进入。我似乎看到了他头发里的麦秸秆儿，依然夹杂在蓬乱的头发里。我知道,他还带着一身的疲惫,又是刚刚从麦地里回来了。而长大的我们,是他的另一块田地,他仍然精心地浇灌着我们,使我们这些学生不至于心田干涸。我仿佛看见他的一只手里握着翻场的铁叉,一只手里紧紧地捏着一根粉笔;挥舞的铁叉,是他生活的源泉;洁白的粉笔,是他"桃李不言,下自成蹊"的教学生涯里另外的一根铁叉。两件挥舞的器具,伴随他走在田埂,登上讲台。但我终于看见他鬓角稀疏的白发了——有如铜丝,枝枝直立。

那不是白发,是几十年落下的粉笔的灰尘,如映雪的囊萤,晶莹透亮,一直照耀着我人生前行的道路。

如今,已经年过花甲的王老师自身体健心宽,高堂寿过九旬,爱人朴实贤淑,子女事业有成,孙子茁壮成长,学生尊敬爱戴。仿佛人世间最美丽的花环、最绚烂的色彩都在满面春风的恩师身上集中了。无疑,王老师是最幸福、最充实的,也是最富有、最让人羡慕的。

王老师常教育我们说:"人世间的一切幸福都是要靠辛勤的劳动去创造。"细细想来,从民办教师到公办教师、从班主任到教导主任、从高中校长到教育局长、从民办学校书记到县市政府督学,王老师走过的每一个辉煌、得到的每一份幸福,都是他用辛勤的劳动创造的。恩师在引导我们的同时用自身的行动和人生轨迹对此做出了最好的诠释。

(作者系陕西省新闻出版局新闻报刊处副处长。)

师德流馨

萧　斌

富平县以"富庶太平"而得名,而美原是富平的胜地,更是我心中的圣地。这里历史悠久,人杰地灵。当年,秦始皇帝将爱女华阳公主嫁给大将王翦,秦王翦率军统一六国后,请求解甲归田,告老还乡,始皇帝便将其故里"良田千顷"封赏给他。美原地理位置优越,北依黄土高原南沿的金粟山,其余三面皆是一望无际的平原,水甘物美粮丰。那里百姓勤劳,民风淳朴,历史文化源远流长。

我对美原这块沃土是情有独钟的。我就出生在美原,美原是我的故乡,是我人生的起点,我的童年就是在这里度过的,高巍的城墙、西寺塔上的风铃、凌空盘旋的鸽子、街道上的牌楼、县衙里的大殿、还有古槐、石狮、戏楼……给我留下了不可磨灭的烙印。美原也是我人生中一个重要转折点和加油站,使我从这里走向了更广阔的天地。对我影响最大的当属美原中学的王忙寿老师。

那是三十多年前的 1981 年,为了改变"农门"的命运,我怀着沉重的心情,抱着无限的憧憬和一丝的希望,辗转来到美原中学插班补习,班主任兼历史课老师就是王忙寿老师。那时的王老师刚刚而立之年,典型的关中汉子体型、中等个子,有棱有角的四方脸,穿一身深蓝色的中山装,衣裤颜色都有些掉色发白,脚穿黑布鞋,黑发浓眉,表情严峻,尤其是有一双明亮、深邃的眼睛。这就是王老师留给我最初的印象,在以后的学习生活中,我对王老师有了更多更深刻的了解。

王老师挚爱教育事业,对教学严谨认真。课堂上,他精力充沛,声如洪钟,绘声绘色,引人入胜,他神情的投入和专注是不多见的,对学生印象深刻,影响终身。下课时,他就像是从石灰窑里出来一样,用"尘满面,鬓如霜"形容一点不为过。那时候电力供应紧张,晚上常常停电,每当这个时候,王老师就开始了"说书",从历史事件的背景、事件经过、重要人物、作用以及影响和意义,他讲得头头是道、滔滔不绝,学生们全神贯注、静心屏气、听得津津有味,不知不觉学生就穿越到了那朝那代那个历史事件之中。漆黑的校园里,唯有王老师洪亮的讲课声传得很远很远,同学们的知识在悄悄地增长。

王老师为人朴素、真诚,对学生非常关爱。他家离学校不远但他很少回家,从早到晚他都在学生们中间;任何场合都能看到他向学生解疑释惑的身影,任何时候他对学生都能有问必答;他的宿舍兼办公室是学生的"沙龙",话题广泛、自由热烈、各抒己见;对困难学生他全方位的关照。而我作为一名特殊学生,得到了王老师的精心照料。那段时间,我有病、体质差,不能像其他同学一样坚持正常的学习,家人朋友都为我捏了一把汗,甚至有人断定我没有希望。可王老师却给予了我极大地关怀和鼓励,他的谆谆教导像春风一样滋润着我的心田,鼓舞着我的勇气。我与其说是补习不如说是从头学习。我上学是在"文革"时期,年年学的是"老三篇",印象最深的是"阶级斗争";中学时期搞"开门办学"、"教育革命",学生不学习,唯恐被戴上"白专道路""五分加绵羊"的帽子,我毕业了还没见过课本、还不知道什么是"全电路欧姆定律"像我这样的"特困生",王老师没有嫌弃。没有教材,没有资料,王老师给我送到手上;不懂的地方,王老师给我悉心解答;生活上的困难帮我克服;思想上的疙瘩帮我卸掉。一次王老师给我解疑时,饭菜都放凉了,我深表愧疚时,他却说:"吃到肚里就热了。"王老师和我有一种天然的默契,他投来的目光,都带给我力量。经过努力,这一年,我有幸考到了省城的一所学校,毕业留城工作至今。

美原中学是一所圣殿,自办校以来,尤其是恢复高考制度以来,以其教学成绩优异、升学率高而著称。其中文科教学,名扬渭北;历史教学,更是独领风骚。王忙寿老师是学科带头人,是年轻的中坚力量,备受人们的啧啧称道。

王老师终生从教,他把他的全部青春和热血都献给了教育事业,献给了他的学生,不管他是在教师还是在校长、局长岗位,他都爱教敬业、认真履职,做出了突出的贡献,获得各界广泛的赞誉。

王老师是我的恩师,在这人生旅途中,是他给了我信心和毅力,是他给了我知识和力量,是他铺就了我的壮丽的人生之路。他的目光就像一座灯塔,始终指引着我;他的话语就像冲锋的号令始终激励着我;他的人格魅力和优良师德是一面旗帜、像一面镜子，是我力量的源泉、事业的榜样和楷模。

王老师，在人生、事业路上，我不管是做人还是从教从政，都没有忘记你教诲。王老师，我幸遇您而自豪，我永远感恩您！

恩师啊！我永远敬重您，热爱您！您的美德，将流馨光大。

（作者系陕西省公安厅政治部组织教育处副处长、三级警监。）

心灵吟唱的生命之歌

王　谦

读着王忙寿老师的回忆书稿,思绪顿时回到了二十多年前。

王老师是我上高中时候的老师。一九八二年,我到美原中学开始了高中阶段的学习,王老师那时带的是毕业班。我上高一、高二的时候,经常在校园里看见他忙碌的身影。到了我上高三的时候,他是我们毕业班的班主任兼历史老师。在一年的学习生活中,我深深地被他声情并茂的历史教学所感染打动,曾经的历史人物故事经过他的讲解,变得有了鲜活的立体感。这也进一步提高了我对文科学习的兴趣。

八十年代的农村子弟,不像现在有更多的人生选择。对于我们这些经过千辛万苦,好不容易上了高中的农村娃来说,考上大学几乎是改变自身命运,成为所谓的"公家人"的唯一出路。所以那个时候的乡村中学的学生对于学习机会非常珍惜,虽然条件简陋,但大都目的单纯,态度认真。在学习中,基本上是按照老师的教学安排,一板一眼、按部就班地展开,关于其他,不遑多想。唯一能够感到的,就是老师在严厉督促和耐心辅导背后那种股股期待。如今打开王老师的书稿,我对于这么多年来,老师在数十年一线教学中所进行的艰苦摸索和所付出的大量心血有了更深层面上的理解和感动。一路读来,不禁歔歔感叹!

王老师的专业是历史。四十年职业生涯中,除了最后几年从事行政工作以外,三十多年一直在三尺讲台上讲述他人的传奇,演绎英雄的故事。但现在,我们这些学生后辈终于要阅读王老师自己的故事了。王老师自谦,认为自己只是一名普通的教育工作者,说"写回忆录是圣贤、英雄模范、领导人物的专利,因此,连做梦都没有想到自己要写这方面的书。"但我常常想,英雄有英雄波澜壮阔的历史传奇,普通人在波澜不惊中同样书写生命的尊严。更何况,普通人书写自己的历史,既是以自己的方式记录一个时代,同时也更便于轻装上阵,少了许多精神的负担。这样的著述,与其说是对于日常生活的简单总结,倒不如说是对自身价值的言说和追寻。更何况,王老师并不是一个"普通"的普通人,四十年教育生涯,数万名桃李遍天下。人生如此,足以令人羡慕了!

王老师的回忆录,大致以时间为顺序,约十余万字,虽算不上鸿篇巨制,却浓缩了一个人的生命精彩。通读全篇,一如他的为人做事,以平淡质朴的文字,记述了不同时间、不同岗位上一个个并不怎么曲折传奇的故事和感想。但再三品味,却始终散发着作者强烈的人格魅力,洋溢着奋力向前的乐观精神以及对于教育事业的满腔赤诚。

读老师的回忆录,我感到的是他对于学生的真诚。正如他自己所谈到的,"工作中首先从尊重学生,热爱学生做起,给每一位学生以真诚的爱,用爱去感化他们,用爱去激励他们,用爱去包容他们"。这一点,我自己有着深刻的体会。农村的孩子,生活上普遍清苦,思想上也有压力。作为班主任,王老师对我们一视同仁,时刻关心。在课堂上、在运动场上、在生病的时候、在情绪低落的时候,我们这些不更事的青少年,总是能够得到王老师的及时关心和勉励,得以在一个充满温情但又严肃活泼的班集体中安心学习。"桃李不言,下自成蹊"王老师对我们的真诚关爱,自然赢得了我们大家对于他的衷心敬重。几十年来,我们这些学生逢年过节,总忍不住想去王老师家里坐坐。同学聚会时,他总是我们一个永恒的话题。

老师的回忆录充满着对教育的热爱。他四十年的教育生涯,从小学民办教师到高中公办教师,从普通教师到中学校长再到教育局长、教育督学,王老师的工作岗位、角色几经变化,但唯一不变的,就是他对教育事业的倾情投入。"十年树木,百年树人",这句话既表明了教育的重要性,也暗示了教育的艰巨性。它要求教育工作者既能够甘于平淡、朴实无华,又要能够积极探索、奋力拼搏。王老师以其对教育的热爱,生动地演绎了这一切是如何从故事变成现实的。作为身居一线的历史老师,他对于历史教学有积极的探索和尝试,摸索出行之有效的教学思路方法,成绩斐然,成为全县有名的文科教育专家;作为统筹兼顾的教育管理者,他先后主持不同的教学单位,一路走来一路歌,所经之处,学校的教学质量和社会声誉均有明显提升;作为主管一方教育的行政官员,他放下身段,深入一线,从实际出发,积极探索,大胆革新,全县教育质量连年攀升,教育事业蒸蒸日上。这一切成绩的取得,根本的原因还是在于他对这一方土地的热爱,对教育事业的赤诚。

三十年前,还是懵懂少年的我,得以有幸师从王老师学习,并因此改变了我的一生。三十年来,我从他当年对我的教育中获益良多,每次见他,总能感受到他对学生的满腔真诚和殷殷期待。我唯有以老师为典范,立足本职,踏实奉献,方能不负老师期望,报老师恩情于万一!

　　孟子说君子有三乐,"父母俱在,兄弟无故,一乐也;仰不愧于天,俯不怍于人,二乐也;得天下英才而教育之,三乐也。"现在王老师三乐兼具,足慰平生。王老师名叫王忙寿,现在他已经退休,不再总是那么忙忙碌碌了,我衷心地祝愿他心情舒畅、健康长寿!

（作者系渭南高新区管委会副主任。）

196

礼敬恩师忙寿先生

贺增刚

桃李漫芬芳，

德高年劭长。

炳如日星训，

并容遍覆广。

味味泽梓桑，

孳孳祺瑞祥。

朝美夕阳红，

仁者寿而康。

（作者系西安六中党支部书记。）

岁月有痕　人生如歌

杨琦

　　草木无声,岁月无情,蓦然回首,已至中年,回想起二三十年前的中学时光,宛如骊歌唱起,是那样无限美好,恰惜别离意。当然,最不能忘的,当属在自己人生重要拐角——高考关口,我的班主任老师,也是我的历史课代课老师——王忙寿先生给我的悉心教诲,是他把我从乡下送入了绚丽多彩的城市,为我后来的求学求知打下了坚实基础。可以说,没有老师,没有先生,就没有我们今天的成就。

　　与王老师的初次相识,是1984年9月我在美原中学文科毕业班就读时,王老师担任我的班主任。当时,王老师在我们县早已蜚声教育界。他带的文科1981~1984级连续几年高考成绩夺得富平县第一,考入北大、复旦、人大、厦大等知名院校的比比皆是。有多少莘莘学子梦寐以求能够让王老师代课。

　　教学严谨,课堂教学气氛活跃,关心每一个学生是王老师最鲜明的特点。上课时,只要他走进教室,同学们紧张的心马上放松,整节课教室里都处于愉快的学习气氛中。许多同学至今谈起来,无不认为听他的课那简直是一种绝妙的精神享受。最为津津乐道的是他在讲到镇南关大捷时的情景:1884 年,法国侵略军进犯滇、桂边境。年近古稀的老将冯子材以高、雷、钦、廉四州团练督办的身份,参与抗战。1885 年 2 月,新任两广总督张之洞起用冯子材为广西关外军务帮办,率领王孝祺、王德榜、苏元春等将领驻守镇南关。冯子材巡视镇南关防务,料定镇南关外二里多远的东岭是敌军进犯的必由之路,便连夜构筑一道长三里、高七尺,宽四尺的土石长墙,并在紧要处建堡垒,布置兵力,积极备战……果然不出所料,3 月 23 日清晨,法军从谅山方面来犯。冯子材一面率部队迎战,一面调援军。法军的开花大炮顺着东岭山梁朝下猛轰,掩护长枪队直扑过来。顿时,山谷震摇,硝烟弥漫,阵地上弹片积了一寸多厚。法军已将冯子材赶修的 5 个堡垒,夺走 3 个,形势万分危急! 老将冯子材大吼一声"再让法军入关,有何面见粤人!"在主帅爱国热忱的激励下,将士们奋不顾身,冲出长墙,拼命杀敌,压倒了敌人的气焰。恰巧援军赶到,打退了法军,保住了阵地……此次战役,大大鼓舞了中国人民抗击外国侵略者的志气,扭转了中法战争整个战局。王老师声如洪钟,抑扬顿挫,在讲到"老将冯子材"、"大吼一声"字眼时,他立马把声音提高八度,仿佛自己亲临战场指挥。他故意把"大大"几个字拖长音节、提高音调,让学生加深印象,浓重的陕西话让人记忆犹新。

　　在教学上,面对错综复杂的历史事件和历史人物,为了使我们容易记忆,王老师花了很大精力,并结合历年考试不同特点,进行归纳总结,光是名词解释就列举了很多,要求我们强记熟背。他要求我们注重整体分析,掌握历史事件发生的时间、地点、原因背景、发展过程以及重要意义和历史影响等分析要点。同时,要注意中外历史的比较和结合。这些,至今仍不失为学好历史课的方法秘籍。

作为班主任,王老师在班上一视同仁,因材施教,不放弃每一位同学。他常常拿身边成功的例子来鼓励激发大家的学习热情。在生活上,对我们这些农村孩子也是关怀备至,尽可能帮助。有一段时间,他把自己教职工宿舍的钥匙也给我配了一把,我经常在他的宿舍温习功课,王老师爱才心切可谓用心良苦。

勤奋犹如美酒。王老师在教学上所取得的辉煌成就背后,其实隐藏着他兢兢业业、勇于追求的奋斗精神。他从一个乡村民办教师做起,几十年风风雨雨,勤于耕耘,积淀了丰富的生活阅历和深厚的理论功底。1976—1978年,凭着不懈的努力,王老师终于取得了在西北大学历史系进修深造的机会,圆了自己的大学梦。不曾想在有幸师从他一年以后的高考中,我也以全县文科状元成绩考入西北大学历史系历史专业学习,1989 年大学毕业我继续考取了西北大学历史系(时已改称文博学院)硕士研究生,师承我国著名中东、南亚史专家彭树智先生门下。彭先生也给王老师代过课,可以说我们师出同门。记得在填报高考志愿时,王老师力主我填报北京大学,他说你不报北大谁报北大,你不上北大没人能上北大,我们学校每年都给北大送人,可以冲击一下。如果冲击失败,第二志愿适当填低一些,就报我省唯一的省属重点院校——西北大学吧。当时的高考成绩还未出来,都是根据估分填报。王老师的鼓励给了我极大信心,只是由于自己数学考试发挥失常,最终未能圆自己的北大梦。对老师给予我的一切教诲和帮助,学生只能心存感激。

等上了大学,读了研究生,后来又参加工作,步入整日繁忙纷扰的尘嚣,与王老师的联系日渐稀少,但总能从方方面面感受到老师的讯息。听说他当了校长、当了富平县教育界的一把手——教育局长,富平的教育风气日盛、捷报频传,作为家乡学子,特别是作为他的学生,我倍感骄傲和自豪。

古人有言:太上立德,其次立功,再次立言,是为"三不朽"。古往今来,天下最为盛德的事莫若设帐授徒、著书立说,立德、立功、立言三者借此可以圆润成办。王老师不仅传道授业解惑,著作等身,而且桃李满天下。从教数十年,学生上万人,其中不乏成功人士和业界精英。人生之幸甚莫过于此焉。

欣闻王老师回忆录出版,特意将这束在记忆长河边寻回的小花,献给老师,以表学生的感恩之意。

(作者系陕西省商务厅信息中心副主任;国际商报社陕西记者站站长、高级国际商务师。)

师恩永记 .

张文军

　　我是富平县老庙镇人,是美原中学高中八〇级一班学生。由于自己努力不够,加上家庭变故,几次高考名落孙山,我的自信心开始动摇。这时我的历史课老师王忙寿和政治课老师惠东楼给我精神鼓励、学习帮助,使我重振精神、增强自信;王老师帮我分析课程的优势和劣势,毅然建议让我转文科,我接受了王老师的建议,我迅速适应文科学习特点,第二年我就以优异成绩考入西北大学哲学系。毕业后,分配到西安统计学院任教。在职期间攻取西安交通大学法学硕士学位。现任西安财经学院马克思主义理论课程建设负责人,马克思主义基本原理教研室主任,教授,兼任陕西省价值哲学学会理事,陕西省马克思主义哲学史专业委员会副会长兼秘书长。这一重大决定影响了我的人生,至今使我感念师恩、永难忘怀!

　　王老师在美原中学任班主任期间,比学生起得早、睡得晚,督促学生按

202

时睡、按时起。为了提高学生的学习成绩,王老师从全国各地的重点中学收集来模拟题,让同学们练习。王老师所上的历史课成为学生真心喜爱、终身受益、毕生难忘的优秀课程。在高考期间,同学们午休时,王老师和其他老师轮流帮助学生驱赶蚊子,至今令人感动!天道酬勤,在王老师的精心教导下,美原中学文科高考取得了最好成绩,学生遍布全国各地,改变了多少人的命运!

王老师以身作则,为人师表,教书育人,关爱学生,忠于职守,居功不傲,勇于创新,追求卓越。对富平县基础教育付出了无尽的心血,做出了不可磨灭的贡献。真是:

追求卓越人中王,基础教育耕耘忙,

教师督学校局长,桃李芬芳寿无疆。

2012 年 11 月于西安

(作者系西安财经学院马克思主义理论课程建设负责人,马克思主义基本原理教研室主任,教授,兼任陕西省价值哲学学会理事,陕西省马克思主义哲学史专业委员会副会长兼秘书长。)

后　记

　　过去，我一直认为，写回忆录是圣贤、英雄模范、领袖人物的专利，因此，连做梦都没有想到自己要写这方面的书。

　　退休后，第一个建议我写回忆录的是老伴淑贤，老伴的建议得到了子女的积极响应，子女们的兴趣比起母亲来要大得多，他们很想知道我的过去，知道我的学习和工作，以启迪自己更好的生活。子女们的想法不仅使我感动，更使我意识到写这样一本书是作为父亲的一种责任。

　　我把老伴、子女的想法告诉了我的一些学生和朋友，征求他们的意见，他们都支持我写，理由是让我写出来同他们及更多的人交流人生，这样我就下了定了动笔的决心。

　　写什么？怎样写？开始时，实在难以动笔，我在生活上是一个马虎的人，大半辈子没写过日记，也没积累过生活资料，只能凭记忆、回忆。有些事情虽然还有些印象，但年月日忘得一干二净，绞尽脑汁也想不起来，因此，书的题目叫《我的人生》《自传》《回忆录》都不合适，名不副实。根据这种情况，朋友们提议书名《我心唱我歌》。这个书名起得好：一来是我人生性格的真谛，我就是我。二来是我用心歌唱我终生所从事的事业，所做过的事，所走过的路，从不言悔。既然是"我心唱我歌"，写起来就得心应手了，提起笔来就放不下了，仅用八个月的时间，从五个方面回顾了一生的主要经历和感悟，也算是对家庭、对子孙、对朋友、对社会有了一个交代。

在搜集资料的过程中，我的父亲、四叔父、五娘、老伴淑贤，以及我的一些同事、同学、学生、朋友都帮我回忆，给我提供了好多素材，对我的写作可谓雪中送炭，我深表感谢。

在《我心唱我歌》的写作过程中，原迤山中学副校长程经民、迤中教师郭勇智、原县教育局副局长张胜利、办公室主任王少峰、渭南市教育督导室副主任陈继刚、督导室干部王晓娟、陕西教育出版社副主编田和平、太白文艺出版社社长党靖，在西安、宝鸡工作的学生雷加文、同吉焕、钟平安都给了我大力帮助和支持，在此表示诚挚的感谢！

《我心唱我歌》对于子孙而言，是我给他们留下的一个作念；对朋友、学生而言，是交流人生的一个发言稿。我不是文人，不是作家，语言文字功底不深，文章的表述往往不够精确，有些烦琐。欢迎大家批评指正。

王忙寿

二零一二年九月十五日